荒地の家族

佐藤厚志

新潮社

荒地の家族

坂井《さかい》祐治《ゆうじ》はクロマツの枝を刈っていた。肩の筋肉が熱を持って膨《ふく》れ、破裂しそうだった。酷使して麻痺しかけている両腕と刈込鋏が一体となって動いた。脇を緩めすぎず、胸筋を絞るようにして枝を刈る。鋏が意思を持ち、ただ手を添えているだけでよかった。

再び枝を伸ばした樹木の形を頭に描き、不要な枝の途中を切らず、根元を切る。小雨に降られて脚立が滑るので、両足を踏ん張り、接している膝や腿にも神経をいき渡らせる。三メートルの高さから落下したら、ただでは済まない。剪定《せんてい》にばかり気を取られると、危険な作業をしていることを忘れそうになる。

上半身の筋という筋が突っ張った。背中全体、肩から上腕、前腕にかけて苦しかった。どんどん急になっていく坂を全速力で駆けあがる感じだった。いつまでも枝を切り続けられる気がした。誰と競うわけでもない。自分を追い込み、筋細胞を破壊する。全身の筋繊維が壊れては再生を繰り返し、何層にも重なって肥大し、鋼鉄と化していく。肉体とともに魂までもが天井知らずで上昇していくと思った。息があがる。残っていた燃料が空になる。緊張が解け、飽和し、腕が完全に動かなくなる手前、もう少しで踏ん張っている足の筋肉が攣《つ》るという瞬間に祐治は腕を止めた。

脚立の上から仕上げた庭を見渡した。

クロマツの奥に、玉造《たまづくり》に刈り込んだ三本のチャボヒバが串刺しの団子のように浮かぶ。柔らかそうに見える仕上がりに祐治は満足した。現場は阿武隈川沿いの広い庭を持つ民家だった。脚立からだと、増水して茶色く濁った下流が塀越しに望める。祐治はしばらく無心で流れを見つめた。

これから梅雨がきて夏になる。野外で作業をする植木屋にとっては過酷な季節だった。長袖と生地の厚いズボンを身につけ、不快な汗にまみれ、汗疹《あせも》で全身がかゆくなる。害虫も増える。スズメバチが纏《まと》わりつく。それでも祐治は夏が待ちきれなかった。焼けつくような暑さの中で鋏を振るいたかった。汗だくになって体の節々が軋んで音を立てるくらいに肉体に負荷をかけたかった。暑くなればいい。子猫みたいに日陰にいて何ができる。死ぬほど暑くなればいい。

電気が流れたみたいに腰に痛みが走った。朝から体がよく動き、祐治は無理をした。このまま休止していると二度と体が動かなくなりそうで、深呼吸してから作業に戻った。

午後三時頃、落とした枝を集めた。二トントラックでゴミ捨て場にいけばその日はしまいだった。トラックに乗る前、祐治は地下足袋の上に張りついていた毛のない明るい黄緑色の芋虫を木の枝で弾いた。今日は芋虫か、と祐治は呟いた。毛虫の類いには慣れなかったが、アマガエルが張りついている時はいいことがありそうだとでたらめな占いのように思った。運転席で汗を拭き、冷えに身震いし、しみじみと感じたのは鋼鉄の肉体の充実ではなく、衰えだった。

帰り道、祐治は亘理《わたり》大橋を渡ったところで商売道具の二トントラックをとめた。日が傾いて、蔵王連峰の山並みに残る雪が青白く影になっている。阿武隈川の河岸を河口へ向かって歩く。海からの風が体を冷やす。

日の暮れるまでの間、今が狙い時だというように河岸沿いで釣り人がせわしなく仕かけを投げ込んでいた。

淡水の占める割合が多い河口水域では、地元の高齢の男たちが、ガラかけ釣りという単純な釣法で竿を振る。太く長い針をいくつかつけたテグスの先に重りを括り、とにかく川底を引きずるようにして魚を引っかける。川底に潜む生き物なら、ヒラメ、カレイ、マゴチ、ウグイ、マゴイ、ワタリガニと何でも引きあげた。

秋冬には産卵のために遡上してくる鮭を狙い、ガラかけをする人が集まる。卵を産んで一生を遂げようと戻った鮭は川の入り口で、傷だらけの体に針を引っかけられてコンクリートの河岸にぶちあげられ、また川へ戻される。ばたばたと暴れて腹から鮮やかな卵がこぼれた。

もう少し下って海へ出ると、若い連中が疑似餌《ぎじえ》でスズキやヒラメやマゴチを狙う。彼らはガラかけを野蛮だとか残酷だとか言って軽蔑する。それは高齢者と若者とが釣り場を巡って陣取り合戦をする時に口にのぼる決まり文句であって、ガラかけも疑似餌の釣りも大して変わらなかった。彼らは年中、目には見えぬ、川と海の境目の釣り場を巡り、世代間でせめぎ合っていた。

四十歳の祐治は、年長の者らを煙たがる気持ちも、若者を侮る気持ちも双方理解できた。河口南岸の鳥の海公園の向こうには、荒浜港に係留された漁船の舳先がかすかに見えた。阿武隈川河口と並んで、海に口を開けて広がる汽水湖、鳥の海に漁港は面していた。北を向けば、貞山堀《ていざんぼり》と呼ばれる運河が仙台湾に沿って遠く塩釜湾まで続く。

災厄から十年以上経て、堀に沿って残る松林はまばらで、いくつかは立ち枯れが目立つ。祐治は頭の中で、一年、二年かけて、海の松を山へ移植させてみる。半分掘り起こし、根を切る。さらに一年して反対側の根を切る。それぞれの切り口に新たな根が張ったらいよいよ移植する。無理だと頭を振った。遠目ではわからないが、葉が茶色にくすみ、木の表皮も変色して赤黒い。

高く聳《そび》える立派な松だった。数え切れない巨大な台風に耐えた松も海面がせりあがると軽々と攫《さら》われていった。

それでも残った幾本かの松を虫が食った。硬質の頭と顎を持ち、まるで柔らかい果実でも貪るようにして虫は木の内部を穿ち、侵入した。群がり、強靭な顎を貪欲に動かして掘り進む。食い散らかされた松は、色彩を失い、灰色っぽくなり、やがて朽ちるのを海風に吹かれて待つだけだった。倒れて土になるのも遠くない先と思われた。

災厄に見舞われたのは、祐治が造園業のひとり親方として船出した途端だった。そしてその災厄から二年後、妻の晴海《はるみ》をインフルエンザによる高熱で亡くした。晴海は心労で弱っていて、最期はひとり息子の啓太《けいた》を残して脆《もろ》く逝った。祐治は生活の立て直しに必死だった時期で、事態に心が追いつかず、晴海が肉体を残して魂だけ海に攫われたような思いだった。

西日が背中を燃やすのを感じた。振り返ると、広々とした土地に電信柱と、その間を渡る電線が黒く浮かびあがり、筋状の雲の層が日に炙《あぶ》られて赤々と輝いていた。海のほうで背の高い雑草の原越しに煙が一筋立って空ににじんでいる。

祐治は更地を突っ切って歩き、防潮堤の斜面をのぼった。

軟弱な地盤に適応すべく、海と距離を大きく取り、なだらかな砂の上に消波ブロックを積み上げる傾斜型の防潮堤。壁に囲まれているような圧迫を感じ、脅威を煽られる。

白くすべすべした無機質な防潮堤はさざ波立った人の心の様をまざまざと表す。災厄直後の亘理の浜に、防潮堤より他に建設するものはなかった。限界まで巨大に設計された防潮堤は、ついこの間経験したばかりの恐怖の具現そのものだった。海からやってくるものの強大さをいわば常時示すように防潮堤は海と陸をどこまでも断絶して走っていた。

地盤沈下によって内陸に迫っているという海岸線を、目にとまるものを期待しながら、祐治は投光する灯台になったつもりで見渡す。

浜を囲んでいた松林もすっきりと消えた海岸では、サーファーを見かける以外、カイトをあげて遊ぶ親子も、酒を飲んで騒ぐ大学生も、犬を連れて散歩する人の姿もない。たまたま閑散とした浜を目にしただけなのに、人が地上から消え失せたような気がした。祐治は光を帯びて凪《な》ぐ海を見つめた。沖が膨らんで、海面が上昇する。海水があふれて押し寄せてくる。そして静かに元に戻る。祐治は、隙あらば人をたらふく飲み込もうと手ぐすねを引く化け物が一時《いっとき》の眠りについているという空想に耽った。

煙の元に黒い人影があった。

浜へ降りていくと、一斗缶に火が焚かれている。曇った空に炎が鋭く立ちのぼり、激しく火の粉を吹いて舞いあがらせている。

腰の曲がった男性が、節くれ立った棒きれで一斗缶をつついている。祐治は老人が木のようだと思った。艶があり、しわが深く刻まれた顔とくぼんだ目のせいだったが、ナイロン地の上着の下の細いが丈夫そうな腕もまるで棒きれとひと続きであるように見えた。農協の連中がよくかぶっている黄色いメッシュキャップを頭に乗せている。

祐治は火に引き寄せられ、冷えるね、と声をかけた。

うん、と老人は帽子のツバの下から丸い目を探るように祐治に向けて「ちょっと燃やしてたのや」と弁解するようにつぶやいた。

祐治は老人の足下に転がる薪に目を落とした。

老人はまた言い訳するように「ちょっと火が強すぎたかな」と一斗缶の中をごろごろとかき回して火を抑えようとした。

「生木ですか」

木のはぜる音がし、祐治は聞いた。

「うん、庭の枝っきれ燃やしてらの」

「火が見えたから懐かしくなって」

ほう、と老人は焚き火を注意されると思っていたらしく、祐治がただぶらぶらしているだけだと知ってにわかに警戒を解き、火の熱を帯びて艶々した頰を和ませて「当たらい」と火を指した。

「切った枝も、稲わらも、畦《あぜ》掃除して出たゴミも、前は畑で燃やしたんだけど」

老人は木切れでどうやら自分の畑があるほうを示したが、見えるのは白い防潮堤といよいよ沈み始めた赤い日の名残だけだった。

「いつもここで」

祐治は聞いた。

「たまに」

老人はぽつりと言う。

熱風で顔面がひりひりするほどなのに、祐治は火に一歩寄る。放射される熱が吹きつけるのもかまわず、吸い込まれるように炎の揺らめきから顔を背けられなくなった。何が見えるわけでもない。眩しさに目を細め、火の中に現れる幻影を焦がれながら、飽かずにいつまでも待っていられると思えた。

蛾や白い羽虫が引き寄せられてくる。飛んで火に入るということはなく、舞う虫は炎を囲むように砂の上の居心地のいい場所を見つけて着地して収まると、ぴたりと動かなくなり、時々羽ばたいてはまた留まった。

老人は祐治の泥のついた地下足袋に目をやって「あんた大工かね」と聞く。

植木屋だよ、と祐治は答えた。

ああ、と老人は特に興味を駆り立てられた様子もなく、薪をひとつくべて一斗缶をつついた。

鳥の海周辺の農家なら、もしかしたら知っている家の人かもしれないがお互いにそれ以上聞かなかった。

微風に吹かれた煙が目に染みて、祐治は顔を火から逸らした。一方、老人は風向きが変わって煙を浴びても、手足と切り離されたように顔だけは微動だにせず、視線の先は火の中心にあった。全身のくたびれた姿とは対照的に、目はぎらぎらと光をみなぎらせていた。

その辺まであったんだけどな、と老人は唐突に言った。

え。

浜がさ、前はその辺まであったのよ。

老人は波打ち際より少し先の海へ向けて木切れを振ったが、祐治にはどこまでだかよくわからなかった。

炎が差し迫った日没にあらがうように光を放った。背後の防潮堤越しか、あるいは浜の雑草に埋もれてか、ジージーと鳴く虫の声が波の音の間にかすかに届いた。老人が一斗缶をかき混ぜた。炎は萎んでいった。火の粉が舞い、燃え切らないでいた木がはぜる。

波は至って穏やかで、寄せては引く波に呼吸を合わせていると、疲労で硬直した肉体も癒えていくようだった。肩に暖かい重みを感じた。柔らかい砂に足がすっかり埋まって動けなくなった。


仙台にいくと言うと、啓太も漫画の新刊を買いたいと言って一緒にきたがった。祐治は自分の企みについて啓太にはおよそ察しがついている気がした。

「いっていいでしょ」と啓太に聞かれ、祐治は「おう」と答えた。

本屋で漫画を買い、一番町商店街の定食屋で昼飯を食った後、二人で喫茶店に入った。啓太が漫画を袋から出してケーキをつつき始めると、祐治は「ちょっと待ってろ」と立ちあがった。ちらと見あげる啓太をひとり残して祐治は喫茶店を出て週末の人混みに逆らって歩いた。

ひっきりなしに出入りする買い物客に紛れて百貨店に入ると、顔を伏せながらインフォメーションカウンターを通り過ぎた。エスカレーターで九州物産展を開催している最上階の催事コーナーまでいくと、フロアをくまなく巡った。フロアを一回りすると、またひとつ降りて回る。一階まで順に見て回ったが、彼女に会わなかった。

観念してインフォメーションカウンターで広報の星知加子《ほしちかこ》さんに用事があると告げた。受付の女は祐治が誰であるかわかったように「お待ちください」と冷たく言うと内線電話を取りあげる。間もなくスーツ姿の男性社員が二人組で出てきた。

上役らしい年配のほうが微笑みながら「坂井様、いらっしゃいませ」と言った後で、こちらへと祐治を押し戻すようにしてエントランスへ移動させた。

「以前もお話しした通り、我々としましては従業員である知加子君本人の意思を尊重したいという思いがございまして、どうしても坂井様のお取り次ぎをするわけにはいかないのです」

「少し話すだけだから」

祐治は言った。

「申し訳ありません、本人の意思でございますから」

上役の男の目が祐治のシャツとジーンズの上を素早く動いた。

「挨拶もできねえか」

上役の態度に苛立って祐治は言った。

「本人の……」

わかったっつうの、と祐治は苛立って言った。

「申し訳ありません」

上役ともう一人の若い男は揃って頭を下げた。

「一言、伝言してくれるか」

「それも、致しかねます」

上役は答える。

「黙って出てったんだ」

「はあ」

上役は同情するように顔をゆがめたが、笑っているようにも見えた。

祐治は帰るように見せかけて、化粧品売場の間を縫うように移動し、ブランド店のテナント横の従業員通用口へ入ろうとしたが、先回りした上役にトオセンボされ、祐治はとまる。履いているスニーカーがぴかぴかに磨かれた床との摩擦できゅっきゅと鳴った。一方、百貨店の連中は革靴で大げさに足踏みして走るのでぱたぱたと音を立てる。

もうひとりの若い男が内線で人を呼ぼうとしているのを見て祐治は諦めた。

ちょっと会わせろや、と最後に言う祐治に「申し訳ございません」と上役は返す。祐治が突進していくような素振りを見せると、上役はぴくりと反応して後じさりし、相棒に指を回して早く人を呼べという仕草をする。

ばかばかしくなって祐治は大人しく外へ出た。

振り返ると、二人組に保安員も加わって正面入口を固めている。

祐治は舌打ちをした。

喫茶店に戻ると、啓太は同じ姿勢で漫画を読みふけっていた。ケーキの皿も、コーヒーカップも空だった。

おかわりするか、と聞くと、啓太は首を振って「おばちゃんに会えた」と聞いた。

祐治は答えに詰まった。

啓太にわからないように知加子の勤め先に押しかけたつもりだったが、自分でも白々しいと思い、「会えなかった」と正直に言った。

「そう」

啓太は驚きもせず言った。

「あの百貨店のぼんくらども、みんなでガードして通さねえ、俺のこと変態だと思ってる」

祐治が言うと、啓太は笑った。

一緒に暮らしていた短い期間、啓太は祐治の再婚相手であった知加子のことを「おばちゃん」と呼んだ。知加子のほうでも「啓太君」といくらか他人行儀な呼び方をした。知加子は口論になると祐治の腕や肩に噛みつくような気性の激しい女だった。初めて会った時は、立ち居振る舞いの美しい女だと思った。その印象は知加子の気性を知る今も変わらなかった。

晴海が死んでから六年経った頃、亘理町役場に勤める同級生の河原木《かわらぎ》達也《たつや》に知加子を紹介された。奥さんの元同僚だと聞いた。河原木夫婦には子供はなく、母のいない啓太が不憫だと世話を焼いた。祐治と同学年である知加子は仙台市内の女子大学卒業後、老舗百貨店勤務一筋で、営業部の広報室長という肩書きだった。

知加子が祐治と啓太の元を去ってから、二年経つだろうか。ある日、家に帰ると啓太が放心したようにひとりでテーブルに座り、そこに置かれてあったという金槌を弄《もてあそ》びながらボトル入りのコーラを飲んでいた。知加子は、と聞くとその時小学四年生の啓太は首をかしげ、食器棚を指さした。

食器は全て、まるで引っ越しの準備のように新聞紙でくるまれていた。開く前から嫌な予感がしたが、案の定、中の器は全て粉々に割られていた。ただ割ったというのでなく、執拗に砕かれていた。それで祐治は知加子が出ていったと理解した。

知加子が急に消えた後で河原木の奥さんに間を取り持ってもらおうとしたが、奥さんの反応も百貨店の連中とそう変わらなかった。河原木はお前の自業自得だと全くの他人事として笑う。知加子の両親は当然知加子の味方で、本人が望まない以上取り次ぐことはできないという態度だった。八方塞がりで顔を合わせるには職場に押しかけるしかなかった。

知加子は離婚の事務手続き以外の話し合いには応じず、しかもやりとりは書面のみで、電話や実際会っての話し合いは拒否という姿勢だった。結局祐治は知加子の望むとおりにした。

思っていた生活と違うと知加子は話したが、祐治は曖昧に返事をした。知加子は仕事をお互いセーブして、家族の暮らしを第一に充実させたいと言った。祐治は知加子の言っている意味がよくわからなかった。祐治はもうすでに家庭生活を第一に考えているつもりだったからだ。とにかく自分が仕事に徹することが家族のためだと信じた。

知加子は流産も祐治による心労が原因だと主張した。祐治は否定できなかった。

いったい知加子が会社で家庭の事情をどのように話したのか知りようがないが、百貨店の連中の対応を見る限り、自分がまるでストーカーか暴力的な夫と認識されているに違いなく、従業員を守ろうとする彼らの正義感をひしひしと感じて力が抜けた。

出ていってから、時間帯を変えて数十回電話をかけてやっと出た知加子に離婚届は捨てたぞ、と言うと電話が切れ、数日後に新しい書類が送られてきた。

曲がりくねる道路を抜け、墓地を目印にして車がやっとすれ違えるほどの細い私道に入る。水路に架かる橋を渡って急な坂をのぼるが、曲がり角がV字になっていて軽トラックでさえ厳しい。ギアをローに入れ、アクセルを柔らかく踏んで慎重にハンドルを切ってそろそろと進む。車体をこする車が多いのか、縁石に黒いタイヤの跡が幾筋も残っている。

砂利を踏む音で来客がわかるらしく、縁側のレースのカーテンが少し開いて六郎《ろくろう》が軽く手を挙げる。縁側の前に車を寄せて降り、玄関の引き戸を開けると奥から「あがらい」と六郎の声がする。先に植木やっちゃいますから、と声を張ると「あいよ」と返事が返ってきた。

祐治は外へ出てハナミズキの若木を荷台から降ろしにかかった。

アルミの大和塀に囲まれた庭の真ん中にくっきりと浮かびあがるようにツバキが真っ赤な花をつけている。その下にブルーシートが敷いてあり、くぼみに水が溜まっていた。昨日穴を掘ったところで雨に降られ、植えつけを中断して中で茶を飲んで話し込んでいるうちに日が暮れたのだった。

ブルーシートの隅を持ちあげ、溜まっていた水を砂利の上に撒いた。黒く湿った穴の中で、水はけのいい小粒の赤玉土に腐葉土と有機肥料を混ぜ込み、根鉢を据えて庭の元の土を被せる。

ハナミズキが収まると、サンダルで三和土《たたき》を踏む音が聞こえ、腰に手を当てた六郎が出てきた。深緑のセーターに色の褪せた青のジャンパーを羽織り、ベージュの綿のズボンを穿いている。

もうすぐ夕方だったが、朝起きてから初めて外気に触れたというように六郎は両手を伸ばして、円を描くように上半身を回したり、でんでん太鼓のように左右に捻ったりする体操を始めた。

「なんぼが暖かいんでねえが」

六郎はそう言いながらも、体操が済むと両手をポケットに突っ込んだ。

風がなければね、と答えた祐治はつい先ほど凍《し》みるような風に手がかじかんで軍手をはめたところだった。

七十になる篠原《しのはら》六郎は、道路工事用のコンクリートを製造販売する会社に勤めていた祐治の父の元部下だった。本社は仙台にあって、父の孝《たかし》は東北六県内の営業所を単身赴任で転々とし、庁舎や役場に出向き、橋や道路に使うコンクリートの営業をして歩いた。

六郎は孝と親しくしていて、祐治が子供の頃、孝が週末に赴任先から亘理に帰るのに合わせ、酒を酌み交わしにきていた。六郎は定年までほとんど仙台勤務であったのに、結婚を機にとうとう孝の実家がある亘理に家を建てた。

孝によると、六郎は仙台の歯科医院の家に六人きょうだいの末っ子の三男坊として生まれた。幼い時に長兄を病気で亡くし、成人すると長女が自死した。両親が亡くなると自宅兼歯科医院は消え、その場所にスーパーマーケットが建った。残ったきょうだいは散り散りになって音信不通だという。

孝は週末に逢隈《おおくま》地区の実家で六郎に晩飯を振る舞いながら、自分ばかり大声で話し、六郎の反応を待つことなく笑ったり、次の話を始めたりした。孝とは対照的に六郎は無口で、恐縮したように常に聞き役に徹していた。

二〇一〇年に孝が食道がんの療養中に肺炎で亡くなった後、造園業のひとり親方として独立した祐治を気にかけて親戚や友人、仕事でつき合いのあった人やいきつけの飲食店まで紹介してくれた。

「もう花咲いてんだっちゃ」と六郎は手をポケットにしまったまま前屈みになって、ハナミズキを見下ろした。「めんこいな」

「うん、根っこもしっかりしてるし、幹もまっすぐだね」

「さすが祐治君だ」

若木は造園業者の出入りする植木市で探してきた。

もともと六郎の庭にあったツバキの鮮やかな赤い花が目立っていたので、いくらか色彩を和らげるように濃いピンクの花をつけるベニバナハナミズキを選んだ。

年明けに植木の依頼を受けたが、苗木は春先に多く出回るし、植えつけも四月がいいだろうと今まで待ってもらっていた。ツバキが花を落とす頃、ハナミズキは花盛りになるはずだった。

風は冷たかったが、日光を浴びた土は生暖かかった。日が傾けばちょうどツバキの陰に入る、風通しのいい場所にハナミズキは収まった。強固に根を張って枝葉を広げる周りの木々と比べると頼りなく、何かの拍子にぽっきり折れてしまいそうだった。庭の木が一様に風になびくと、新入りの木も小刻みに揺れた。

「まだいいけど、もっと暖かくなったら草取りしないと、コウモリガの幼虫がたかって根っこ全部食われちゃうから」

祐治は周辺の雑草を抜き、小石を取り除いた。

「堀の松も枯れちゃってるの多いね」

六郎が堀の松というのは貞山運河に沿って、欠けた櫛のように残る松のことだった。

「まだしっかりしてるよ」

俺ももう枯れそうだ、と六郎が世迷《よま》い言《ごと》を言うが、祐治はそれに「何言ってる」とまともに取り合わなかった。

「五人も兄姉いて、みんないねぐなってわ」

誰に語るでもなく六郎がつぶやくので、祐治は返事をせずに土を均《なら》し、放って置いたブルーシートを畳んだ。六郎はなお独り言を言ったが、ブルーシートを畳む音で全く聞き取れなかった。

衝突音が鋭く響いた。

同時に砂利を踏むタイヤの音を伴って、白いセダンがフロント部分を振り回す勢いで入ってきた。

後部座席のスモークガラス、金ぴかに光らせたトヨタのエンブレム、地面すれすれまで落とした車高。今の衝突音は、そんな下品に改造されたセダンが坂をあがる際に車体を地面に擦った音だった。運転手にとっては毎度のことらしく、車体下部のサイドシルやリアバンパーは傷だらけだった。

六郎もいちいち音に反応して振り返りはしない。

それにしてもあの急なV字の坂をするりと容易にあがってきたのには感心した。玄関を塞ぐように置かれたセダンから年上に見える、黒いスーツの太った男が降りてきて、苛立ちを込めたように力んで運転席のドアを閉めた。

どうも、と祐治は声をかけたが、男は無視して家に入っていった。挨拶は耳に届いているのに、しかめた顔をうつむき加減にして、わざとこちらを見ないようにしている印象だった。

あっけにとられていると、六郎が「息子の明夫《あきお》だ」と言った。

ああ、やっぱりそう、と祐治は言った。

車から降りた姿を見て「もしかしたら」と思ったが、随分変わっていてわからなかった。そうか、今のは明夫か、と祐治は思った。

明夫は祐治と同じ年で、かつて逢隈地区の同じ小学校、中学校に通った。高校で別れたが、二十歳の頃までつき合いがあり、その後疎遠になった。

何年も前の六郎との会話をたどって「塗装屋だったよね」と明夫のことを聞いた。

「うん昔ね、しばらく群馬の自動車工場にいってだんだげっと、具合悪くして最近帰ってきてな、今は中古車の販売やってる」

「どっか体悪いの」

んん、と六郎はうなった。

その反応が肯定とも否定とも受け取れ、他人の体のことだから祐治はそれ以上聞けず、「中古車の商売は順調なの」と聞いた。

「あんまし儲がんねえみたい、何年か前まではばんばん売れてたのさ、ところが明夫が働き出したら急に景気悪くなってな、うまいこと言われて安い給料で働いてる、金もねえみてえだし、あの通り愛想もねえ」

六郎は笑い、祐治も釣られて笑った。

困ったもんだ、と六郎は腕を組んで本当に困っているというふうに沈んだ顔をするので、祐治は笑うのをよした。

お、新しい木植えたから鳥が集まってきたよ、と祐治はモミジの枝にとまってツピツピと鳴くシジュウカラを指さした。六郎がご飯粒を撒くのを知っているので、時々メジロなんかが庭に姿を見せる。

しかし六郎は小鳥に気を留めず、「二年か三年前からかな、つき合いで中古車販売なんて始めたのさ」と息子の話を続けた。

遠い昔、祐治は両親と六郎一家と白石《しろいし》川に沿って咲く一目千本桜を見にいった記憶がよみがえった。クラスが一緒だったことのない明夫と初めて口を利いたのはおそらくあの時だったろう。

車から降りたくないとごねる明夫のせいで、駐車場で随分待たされた。六郎に説得されてようやく車から出てきたのはいいが、明夫は六郎夫妻に隠れるようにして終始携帯ゲーム機に夢中でこちらを見ない。

挨拶しろと孝に頭を小突かれて「こんにちは」と言った祐治に、明夫はさっと素早く視線を投げて寄こし、頭をちょっとさげた。

白石川沿いの桜並木を歩いた後、焼きそばを売る屋台の前に立つ祐治に、孝が「食うか」と聞いた。祐治は「食う」と返事をしておいて、明夫に「お前も食うか」と聞く。ゲーム機から顔をあげた明夫は許可を求めるように母親を見て「うん」とつぶやいた。それがその日、祐治と明夫の間にあった会話の全てだった。

「明夫はなんで塗装屋を辞めちゃったんだろ」

祐治は聞いた。

「さあ、知らねえけどな、塗装屋も儲がんねがったんだべ、嫁さんにこれじゃやっていがんねなんて言われっだようだ、結局嫁さん出ていったべ、そんで」六郎は言い淀んだ。祐治もまた再婚相手の知加子に去られたと知っているのだ。ちょっと祐治に目をやってから「その後、群馬の自動車工場さいったの」と六郎は続けた。

うんうん、と祐治は相づちを打つ。

「工場っつっても一年ごと更新の期間工だからさ、なんぼ勤めても上さいけねえの、具合も悪ぐなるし、結局やんだぐなって戻ってきたんだわ」

「それで今度は中古車」

「んだ、地元の先輩だが何だがわがんねけど、一緒にやるべって言われてほいほいついていって始めたわけさ」

「へえ、じゃあ俺も車買う時は明夫にお願いしようかな」

「ばあが言うな」

六郎は驚いて言った。

「明夫の車見だべ、あいな車さ乗ってるやづがら誰が車買うんだ、おめ」

こう言われて祐治は大笑いした。


車五台分の駐車スペースがあった。

施工主との打ち合わせの通りに、消えかかっている古い線は無視してアスファルトの路面に白線を引く位置を決め、チョークで下図を書く。その上で、白の塗料が付かないようにラインの外に養生テープを張り巡らす。下準備ができたら、手押しの施工機で塗料を塗布していった。

海側からの日差しが強かった。汗が顎から滴る。祐治は袖をまくって、筋の浮き出て日に焼けた両腕に力を込めてまっすぐ前進した。

駐車場の白線引きの仕事は、同級生で役場勤めの河原木が持ち込んだ。造園の延長だと思って祐治は請け負った。河原木は役場で住民の相談を受け、振れそうな仕事があると祐治を紹介した。白線引きなど植木屋の仕事ではないと最初は気乗りしなかった。

独立した時は職人としての理想があったが、今はこだわらずにライン引きだろうが、ゴミの運搬だろうが、ドブさらいだろうが、草刈りだろうが河原木に頼まれれば何でもやっている。

半日がかりで駐車場に白線を引き終えると、祐治は同年配と見えるパン屋の主人に声をかけた。調理帽子をかぶったひげ面の主人が外へ出てきて仕上がりを確認して「よし」と腕を組む。かつて両親が洋菓子店をやっていた場所に戻ってきて、パン屋としてオープンするという。

いい色でしょう、とパン屋は言った。

祐治は黙っていた。まっすぐ伸びる道路沿いに建つ一般住宅の連なりの中、壁をピンクに塗られたパン屋は映えたが、気に入らなかった。

海が近かった。パン屋と道路を挟んだ対面にも住宅はあったが、その向こうは更地だった。

引きあげる前に、祐治は阿武隈川河口へ向かって歩いた。ある地点で電信柱が新しくなった。そこが境界だった。海が人の暮らしを舐めた形跡、生と死、この世とあの世の境目だった。

海の付近一帯はいつくるともしれない災厄のために自治体に買いあげられて民家はない。一部は公園として整備される計画があるが、更地のまま残され、見晴らしがいい。

宅地から海のほうへ抜けると、そこは荒地ともいうべき広大な景色が北へ南へどこまでも続いていた。そこへ至る途中、土色の地面に蔓延《はびこ》った雑草に隠れて残る住宅の基礎に祐治は気づいた。地図で示せばほんの一点に過ぎない土地、忘れられた、誰も気に留めない場所だった。

きた道を振り返れば、民家の屋根を黒い電線が渡っている。祐治にとって更地に建つ電信柱は始まりの、または終わりの風景として記憶に刻まれている。そして海を向ければ、櫛の歯の欠けた松林だ。

あの時、底が抜けたように大地が上下左右に轟音を立てて動き、海が膨張して景色が一変した。

災厄が通り過ぎた直後、水の引かない鳥の海近辺を祐治は何度か歩いた。常磐自動車道を過ぎ、海辺というより田畑と呼ぶべき辺りまでくるとそれ以上進めなかった。その先の電信柱は斜めになったり、へし折れたりして断絶した。かろうじて残る電信柱と建物の間に紙くずでも丸めたように車が潰れて挟まっていた。

あの後、家具、屋根、壁、柱、鉄筋、窓ガラス、材木、道路のアスファルト、車、電信柱、交通標識、外灯、公園の遊具、堤防、松林、農作物だったものがヘドロと海水にまみれ、ぐちゃぐちゃになって海沿いを埋め尽くした。それらはやがて鳥の海の温泉施設のすぐ横の集積所にかき集められた。積みあげられた残骸は黒い山となった。

長い間、嫌な臭いが辺り一面に立ちこめていた。

一年経って黒い山は消えた。地面が均され、更地になるとようやく臭いも薄れた。まず道路が通った。それから電信柱が立った。ひとつ、ふたつと建物が建った。時間が経った。巨大な防潮堤が陸と海をきっぱり分けた。

祐治は今でも腐臭がぷんと漂うのを感じた。黒い山から流れてきた臭いだけが、風景が変わっても鼻腔の奥の奥にこびりついて離れなかった。

小学校低学年の頃、祐治は電信柱が行進する童話が好きで、おかしな遊びに耽った。まっすぐな道路で電信柱の列を眺める。肩幅に足を開いて踏ん張り、左右に肩を揺らす。最初は何ともない。ただ視界がぐらぐらとぶれるだけだ。肩を揺らし続けていると、めまいのような感覚が表れ、遠近感が狂う。すると電信柱の列だけが浮かびあがって、左右に揺れながらこちらに接近してくる。その様は電信柱同士が肩を組み合ってずんずんと歩くようだった。

他所《よそ》の家の前で、目を見開いて電柱の並びを眺めていると、ふいに犬の散歩をするじいさんに「立ち小便すんなよ」と声をかけられてはっとしたこともあった。

同じ頃、ここで初めて人の死を身近に感じた。

海が膨張する前は、ここにも住宅があり、八百屋、肉屋、魚屋、酒屋が軒を連ねる商店街があった。その一角でビルの建設工事が行われていた。地面を均す巨大なローラー車や土を運ぶ大型トラックが絶えず往来し、青い制服を着た恰幅のよいおばさんが指示棒を持って誘導していた。建設現場は白いスチールの壁で囲われていて中を覗くことはできなかった。

近くに住む同じ年頃の子供と言えば明夫と河原木くらいで、祐治はより家が近い明夫とよく自転車で無目的に海辺を走った。海へ向かう途中に建設現場があり、おばさんはいつも指示棒を振ってトラックを止め、祐治と明夫を通した。うろちょろする子らの安全を一番に気にかけるように「危ないからこっちくんなよ」とか「気をつけなさいよ」と強い命令口調で言う。祐治はうるさく思いながら「はい」と威勢よく答えた。

亘理町沿岸の工事現場で女性の誘導員がローラー車に轢かれて死亡したという事故は夕刻のテレビニュースを見た母の和子《かずこ》が騒いでいたので知った。ローラー車の真後ろの死角に入った誘導員に運転手は気がつかなかった。おばさんは、学校を終えて遊んでいた祐治と明夫のために笛を吹いてトラックを止めてから、日が暮れて終業時刻を迎えるまでの間にローラー車の下敷きになったのである。

翌日、学校へいく途中で明夫に追いついて祐治は「あれはあの人だよな」と声をかけた。反応のない明夫にさらに「ぺしゃんこだ」と言うと、明夫は顔を真っ赤にして「かわいそうだろ」と急に怒った。人が死んだという事実が祐治にはピンとこなかった。一方、明夫は大きく心を揺さぶられているふうだった。

先日、六郎の家の庭で明夫を見かけたせいか、祐治は忌まわしい工事現場を思い出した。この近くであるはずだったが、具体的にどの地点だったかわからない。脳内に焼きついた場面がよみがえる。誘導員のおばさんがダンプを止めるのに振る赤い棒。ぴっちりした青い制服。蛍光ラインの入ったベスト型の安全着。ヘルメット。工事現場の黄土。ローラー車。

あのビルどころか、記憶を呼び起こす手がかりになる建造物は一切ない。もはや町並みもわからない。すっきり平らな地面が海へ続く。あの事故をいったい誰が憶えているだろう。

元の生活に戻りたいと人が言う時の「元」とはいつの時点か、と祐治は思う。十年前か。二十年前か。一人ひとりの「元」はそれぞれ時代も場所も違い、一番平穏だった感情を取り戻したいと願う。

道路ができる。橋ができる。建物が建つ。人が生活する。それらが一度ひっくり返されたら元通りになどなりようがなかった。やがてまた必ず足下が揺れて傾く時がくる。海が膨張して押し寄せてくる。この土地に組み込まれるようにしてある天災がたとえ起こらなかったとしても、時間は一方向にのみ流れ、一見停止しているように見える光景も絶え間なく興亡を繰り返し、めまぐるしく動き続けている。人が住み、出ていく。生まれ、死んでいく。

軽トラックに戻った祐治はさっきパン屋で焼きたてのあんパンと一緒にもらった栄養ドリンクを一息に飲んだ。

祐治は晴海の表情、声、髪の毛、匂い、そして体の隅々までを思い出そうとした。どれもおぼろげだった。天災から二年経った頃、晴海が啓太を残し、流感による高熱を発して命を落とした。風邪をひいて、重度の症状に苦しんだことは何度かあった。戻らない人を呼び起こそうとするのは困難で苦しかった。だが、そうしていないと晴海の顔さえ忘れてしまう。霞の中で無闇に手を伸ばす。手は湿った空気だけをかすめて何も触れない。感情は残った。肌にぴったりと寄り添って宿る温もりは残った。消えかかった記憶が巡った。幼い啓太が晴海の胸の中で泣く声。おむつの臭い。晴海の両方の頬にちりばめられたほくろ。底冷えのする借家の狭い寝室。すぐに壊れる洗濯機。冷えの悪い冷蔵庫。床に届かない緑の短いカーテン。少ない食器。近所の犬の吠え声。満ち足りた夜。病気。死。

仙台市内にある木造民家の庭で、祐治はキンモクセイを見あげた。植えつけから二、三年という。家屋の建て替えで庭が狭くなるので、庭木を数本掘り取って、亘理町内の親戚の農家へ運んで移植する。

初めに樹高から根の張り具合を想像して、根鉢の大きさを決め、土にスコップで円を描く。根巻きの作業時にこぼれて邪魔にならないように、表面の土をどかす。そして掘る。よく研いだ剣先スコップが気持ちよく土に刺さった。

掘りながら、地中に張った根を切っていく。腕の力で掘るのでなく、スコップに体重を乗せて掘る。あまり根が太くて切れない時は鋸《のこぎり》や鋏を使う。スコップで無理矢理切るときれいに根鉢ができあがらない。

穴が深くなるにつれて背筋から腰にかけ圧迫を感じた。体が温まってよく動いた。エンジンをアイドリングさせていた車がスムーズに走り出すように、祐治の筋肉は熱を持って滑らかに反応した。仕事の懸案が頭をよぎったり、知人や家族の顔が浮かぶ。祐治は視界の隅に現れては消える想念を放っておく。目の前は黒い土だけだ。全身を躍動させて穴を掘っているのに、瞑想をしている気分だった。

穴の中央にキンモクセイが残った状態になると、根鉢の底にもスコップを入れ、下の根も切る。木が揺れ始めたらゆっくり倒し、敷いた麻布に根鉢を乗せ、包む。それに麻縄をぐるぐる巻き、力を込めて締めあげる。根鉢の底は麻布を折りたたみながら麻縄を巻く。巻かれた麻縄は上から見ると正方形を幾重にも重ねた魔方陣のような模様だった。

後は枝を縄でからげて、トラックに乗せる。同じ要領でサザンカも掘り取り、車で三十分かけて亘理町へ移動した。

植えつけ先の農家は山の麓にあり、庭と山が侵食し合って境目がわからなかった。家主のじいさんは初め「どこでもいいよ」と言っていたが、祐治が場所を提案すると「あっちがいい」とか「こっちがいい」と口を出した。

キンモクセイは放っておくとどんどん成長するので、庭の植木の向こうの山側に場所を定めた。縁側からも見え、邪魔にならないので家主も納得した。広々とした庭だったので、借りてきたパワーショベルを入れて一気に穴を掘った。植えつけが済んだら、根鉢の周りの土にホースで水を染みこませてドロドロにして地中の隙間をなくし、馴染ませる。木を二、三本掘り取って植えつけるのに一日がかりだった。時々、同業者の助っ人を頼む場合もあるが、もうひとりいたら助かると祐治は思った。

日が暮れて逢隈の家に戻ると、母の和子がホースのキャップを絞って霧状の水をシャクナゲに噴射していた。水蒸気が舞って、ひとしきり雨の降った後のように空気が湿っていた。

柵の扉を開けて庭に入り、「ただいま」と声をかけると、和子は「水やんの忘れったたの」と祐治が何か言う前に言う。

日が照って暖かい日は午前中にシャクナゲに水をやってくれと頼んでいた。父の孝が生きていた頃、水をやり忘れたりすると怒鳴られたので、その感覚が和子の中に残っているのだ。夏以外は水をやってもやらなくても、祐治はどっちでもかまわなかった。そもそも植木の世話をずっと任せきりにしてきたので、祐治につべこべ言う資格はない。

六郎さんからもらった、と祐治は野菜を見せた。

「あら、んで、明日イチゴ持っていかい」

「いや、いいよ、今度いくの来週だから」

「いいごとねえっちゃ、だあれ」

「そんなに人の家に頻繁に出入りするもんじゃねえよ、向こうだって気ぃ遣うだろ」

「近くだもん、すぐだべ」

「いいから」

「んで、私が今から置いてくっか」

「いいっつうの」

「明日いってきなよ」

「いかねって」

「なんで」

ため息をついて会話を打ち切り、祐治は軽トラックから商売道具を降ろして庭の砂利の上に並べた。それから「ちょっと貸して」と母からホースを取りあげ、足袋を洗い、スコップや刈込鋏の汚れを流した。

「啓太は」

家の中へ入ろうとする和子に祐治は聞く。

「塾ださ」

「あ、そうか。飯は食っていったの」

「帰ってから食べるって」

週に一度、元高校の英語教師のじいさんが子供らに英語を教えていて、月謝が安く、啓太も楽しんでいた。和子、自分、啓太、三世代の暮らしは和気あいあいとはいかなかったが、気の置けないものだった。元に戻ったというより残った者が寄り合ったという感じだった。

十年の間に啓太の母である晴海が死に、再婚相手の知加子の腹に宿った子は成長をとめ、知加子は出ていった。そうしているうちによちよち歩きだった啓太がもうすぐ中学生になる。時の流れの実感がなかった。走っても走っても一向に進まず、同じ地点に留まっている気がした。自分だけ取り残されている気分だった。憑かれたように仕事をして、明日どうなるとも知れず、啓太の成長を噛みしめる余裕がなかった。

飯を食って予定帳を睨んでいると、玄関の引き戸が開く音がし、来訪者がダミ声で祐治の名前を無遠慮に呼ぶ。

先に玄関に出た和子が戻ってきて「あんたに用だって」と手を揉みながら事故でも起きたかのような様子だった。

戸を目一杯開け放って仁王立ちしている赤ジャージの恐ろしげな男を見て、母が慌てるのも無理がないと得心がいき、トラブルでも舞い込んだろうかと考えた。

「祐治か」

親しげに名前を呼ぶその男に見覚えがあった。曖昧に会釈をしながら頭をフル回転させて記憶をたどる祐治に、男は「なんだわがんねが、俺だ」と名刺を差し出した。

名刺には「郷古組　社長　郷古友夫」とあり、名前の下に「フーテンのトモ」と自称らしい呼び名を添えている。

「ああ、郷古《ごうこ》さんか」

祐治は緊張を解いて言った。

高校時代の野球部OBのひとりだった。祐治の所属していた野球部では、監督であった藤堂慎太《とうどうしんた》とOBの繋がりが強く、十歳も上の世代が指導にくることはよくあった。それは藤堂が部員の進学や就職に絶大な影響力を発揮しているためで、監督の口利きによって体育大学に進学したり、就職した人間は藤堂に頭があがらなかった。

二十年以上前の、昔の話だった。

祐治は一度大学進学を目指した。野球はやめるつもりだったが、藤堂は野球による推薦で体育大学への進学を半ば強要した。俺の言う通りにしていれば間違いない、と迫る。父孝を交えての面談を何度も重ねたが、示された大学以外の進路を口にするだけでも藤堂は顔を真っ赤にして怒り出した。

お前がそんな態度だったらこっちだってさじを投げるぞ、と藤堂は孝のいる前で祐治を怒鳴り、机を拳で打った。憤慨した孝は後で「体育大学だけはいくな、好きな進路を選べ」と言った。高校を卒業してまで監督の影響下に収まりたくないと考え、祐治は嫌になって就職を決めた。

ところが高校にきていた求人から応募した会社の面接で、面接官が藤堂の名を口にした。藤堂を知っていたのは宮城県内でパチンコ店を展開する会社の取締役だった。

「君、あそこの野球部だったらマメ太を知ってるね」

マメ太、というのは藤堂慎太が目上の人間に呼ばれている呼び名だった。進路が次々塞がれていく気分を味わった。

祐治は粗相のないよう受け答えして得た内定を辞退し、高校の求人でなく、職安に出向いて数少ない求人の中から目についた造園業者に応募した。

郷古は藤堂慎太を生涯の師と仰ぎ、慕っていた。練習を見にきていた郷古とキャッチボールをした記憶がかすかに残っている。

「おめえ、今何やってんのや」

耳が遠いのか、至近距離で鼓膜に響くような声で郷古は聞く。

「造園やってます」

「どこで」

「ここで」

「自分でか」

「はい、十年になります」

「なんだべ、おめも社長が」

「ひとり親方です」

「あちゃあ、んだが、んで仕方ねえな」

「どうしたんですか」

「いや、なあに、人ば集めったのよ、解体屋やってるんだけど人足りなくてよ、祐治も仕事にあぶれてんでねえがと思って」

悪人ではないだろうが、誰にでも無礼講という感じで遠慮がない。

「俺も一時期はなくなりましたよ」

「今はうまぐやってんだな」

「なんとか、さあ、あがって、お茶淹れますから」

「いやいや、いいの、あと何軒も回んなきゃいけねの、藤堂先生からリストもらってるから」

藤堂のリストに今でもこの逢隈の住所が載っているのが不快だがどうでもよかった。今抱えている仕事をこなさなければいけない。あの時なら一も二もなく飛びついていただろう。商売道具が海に攫われた時は何でもやった。引っ越し、倉庫での仕分け作業、催事会場の設営と撤去、そして他の造園業者の手伝いもやった。

祐治が頭を下げると、郷古は「まだくっから」と豪快に引き戸を閉めて出ていった。

それにしてもたかが部活動監督との関わり合いが嫌で就職先を選ぶなんて安易だったと祐治は今更ながら当時を思い返した。進学していたら植木屋にはなっていなかっただろう。

がなり立てるような話し方の郷古が去ると、玄関がいやに静かになった。

するとすぐに呼び鈴が鳴る。

郷古が戻ってきたのかと思ったら、戸を開けたのは河原木だった。

「駐車場の仕事どうだった」

河原木が聞く。

「半日がかりだ」

「そうか、もうひとつ仕事持ってきたぞ」

河原木は「あがれ」とも言わないうちに靴を脱いで家にずかずかと入ってきた。

「またライン引きだよ」

河原木は言った。

詳細も聞かないで祐治は「いいよ」と簡単に答えた。茶を淹れ、ダイニングテーブルで河原木と向い合った。

塾から帰ってきた啓太はテレビの前に座り、河原木が手土産に持ってきたシュークリームにかぶりつく。

時々河原木は夜にこうして現れ、祐治に仕事を持ち込み、啓太に菓子をくれる。役場勤めの河原木の紹介といっても、公共工事ではないし、直接仕事を仲介するわけでもない。単純に知り合った人を紹介する程度だ。

河原木の持ち込む仕事は全て受けた。

たいして考えもせず、造園業の道を選んだ。植木にも庭造りにも土木工事にも全然興味がなかった。ただ商品や広告やサービスを売り歩く仕事をしたくないと思っただけだった。

応募した「西島造園」の面接官は猪のような体軀の野本《のもと》という男だった。祐治の他にも応募者があり、試験会場であるビルの貸し会議室前の廊下には、学生服やブレザーの男子学生が並んでいた。

きついぞ、と野本は脅かすように言い、にやりと笑った。何となくやってみたいという程度ならやめたほうがいいよ。そう野本は言って、応募者の気持ちを確かめた。思ったよりも応募者が多く、ふるいにかけられているのだと祐治は感じた。

後で聞いたところでは十三人の応募があり、三人が内定を得て、その内二人が辞退し祐治が残ったのだった。スニーカーできたのは君だけだね、と面接で野本に指摘された時はだめだと思った。

野本の言った通り、仕事はきつかった。

祐治は他の造園業者に応募しなかったので実情を知らないが西島造園では重労働のうえ、体罰があった。専務であり、施工現場を全面的に仕切る野本は従業員に手をあげた。

「そういえば、お前明夫に会ったか」

河原木は湯のみ茶碗を置いて言った。

「六郎さんの家で見かけた」

「話したか」

「無視された」

祐治が言うと河原木は笑う。

「お前、なんで知ってる」

「明夫に聞いた」

「じゃあ、明夫は俺に気づいてたのかよ」

「お前嫌われてたからな」

河原木はまた笑う。

「根に持ってんのか」

「いや、冗談だ、明夫もいい年だ、昔のことなんか気にするかよ、お前のことをうらやましいなんて言ってた」

「なんでだ」

「わからないけど、造園の仕事のことだろ、専念できる仕事があってうらやましいって意味だ」と言った。

うらやましいと明夫が河原木に語る意味がわからなかった。順調な時など一度だってなかった。今でもそうだ。

仙台市中心部から離れた場所に借りた一間のアパートから、誰よりも早く出社して行う掃除から新米の祐治の一日は始まった。事務所の中と外を箒《ほうき》で掃き、机や椅子を拭いていると、その年の春まで最年少であった高木《たかぎ》という男が早めに出勤して掃除に加わった。年の近い高木はよく面倒を見てくれた。

掃除を済ませ、従業員が出揃うと祐治は給湯室で湯を沸かして茶を淹れた。一同が湯飲みをカラにすると、祐治はすぐ二杯目を注いで回る。必ず二杯飲む。一服よりも二服茶といって縁起を担ぐ。念入りにする掃除もそうだ。働く場所をきれいに整えてからその日の仕事を始める。

風の吹きすさぶ郊外の高台に事務所があるので、冬は根気を要した。毎朝六時半、まだ暗いうちに寒さの染みる事務所に詰めてストーブをつけ、足下からの冷えに震えながら少しでも早く体が熱を持つように箒を忙《せわ》しく動かした。日が暮れると、道具を洗い、鋏の刃を研ぎ、油を差す。最後に事務所の床を掃いて仕事を終えることを鉄則としていた。

西島造園の連中は彼らなりの矜持を持って決まり事を守り、礼儀にうるさかった。昼に弁当を食う時など、そこが現場であれば人の家の庭であろうと茣蓙《ござ》を敷き、一同丸くなって弁当を食う。

特に専務の野本はこだわりが強く、建設現場や解体現場の作業員と一緒くたにされるのを嫌い、他の肉体労働と造園を区別した。土方で働く人を指して「あれらは地面に直に座る、茣蓙なんか敷かねど」などと植木屋がまるで一段高い仕事でもあるかのような言い方をした。

家具がほとんどない郊外のアパートで、夏も冬も白米に納豆をぶっかけて食い、朝一番に事務所に出て掃除をし、夜は最後に帰る。高卒で給料も安かった。日中は野本の分厚い平手を喰らいながら穴を掘った。土を運んだ。草を刈り、枝を切った。

現場で少しでももたつくと野本は声を荒らげた。

時に野本は太く短い足を振り、硬い樹脂の入った足袋のつま先で祐治の脛や膝を蹴った。他の職人も野本に怒鳴られるが、特に激しい威嚇の態度は、新人である祐治に集中して向けられた。なぜかへまをすると野本が見ていた。たまたま見ていたのでなく、いつでも見張っていた。マジックショウの瞬間移動のように驚異的な俊敏さで野本は祐治に接近し、大きな顔をぐいぐい迫らせて叱りつけた。

一度、穴に落とされた。

数ヶ月かかった、公園のイチョウの木を移植する公共工事だった。猫車を倒し、積載しすぎた土を祐治はトラックの通り道にぶちまけてしまった。野本は「こらあ」と足の裏で祐治の腰の辺りを蹴り、よろめいた祐治が体勢を整える前にもう一度蹴った。新たにイチョウを植えるためにパワーショベルで深くえぐった穴に祐治は背中から落ち、仰向けに倒れた。

野本はさらに地面を蹴ったので、穴の底に強く打ちつけられた衝撃で呼吸できないでいる祐治の顔に土が降りかかった。土が口に入った。苦い土がじゃりじゃりする感触はいくらツバを吐いても拭えず残った。

肉体的な痛みは我慢できたが、人をゴミくずみたいに扱う野本の態度に辛抱がいった。ものを売り歩く仕事が嫌だと始めたのだから、早々に仕事を変えるわけにいかなかった。スコップを両手で持って野本の背後に立ち、幾度殴りつけたい衝動を全精神力で抑え込んだか知れない。

沈黙に徹していると、やがて酷使した肉体がものを言った。もっと使え。もっと追い込め。もっと大きく、強い力をつけろ。嫌気の中に一パーセントだけ、自分が研ぎ澄まされていく充実感を味わった。それを育てた。贅肉が削がれるように、専務への攻撃衝動も薄れ、萎んでいった。

新人の時に同じシゴキに耐えたと思うと、同僚の連中やひとつ年上で線の細い高木も幾分たくましく見え、頼りに思えた。

「ところでその後知加子さんには会えたか」

啓太にちらと目をやってから、河原木はいくらか声を抑えて聞いた。

「百貨店の連中が会わせねえ」

「知加子さんが会いたくないんだろ」

わかりきったことを言われて祐治は何も言うことがなく、口をつぐむ。

「いつまでもこだわるな、書類も済んだんだし、向こうはお前に用はないんだ、お前は知加子さんと会って何を話すんだよ、もう決着ついたのに」と河原木が言い、祐治は力なく「ああ」と腑抜けのように声を漏らした。別に話したいことなどなかった。ただ示しがつかないと思った。啓太にというよりは自分にか、と祐治は情けなさにうめいた。

日が差して穏やかだった昨日から一転ざあざあ降りで、風に窓がきしんだ。祐治は事務所にしている実家の部屋の窓から、暗い灰色の風景に閉じ込められたような近所の家や遠い山並みを眺め、吹きつける風の唸りと雨水の滴りに耳を澄ませた。

その日に組まれている生垣工事が案じられた。後は仕上げて引き渡すだけの予定だったが、こう降られては弱った。雨が続けば納期が遅れていく。

祐治は予定が書き込まれたホワイトボードを見つめた。朝の七時過ぎで、お客さんに工事の延期をお願いするのはまだ早い。気が急《せ》いた。

玄関で靴を履く気配を察して事務所代わりの部屋を出ると、ランドセルを背負った啓太が靴を履いている。

「車で送ってやる」と祐治が声をかけると、啓太は「歩いていくからいい」と断る。かなり降ってるぞ、と言うとかたくなに「いい」と首を振る。和子が出てきて「だめだ、送ってもらえ、濡れちまって風邪ひくよ」と言う。

歩くからいい、と啓太が繰り返すと、祐治は軽トラックの鍵を摑んで、いいから車乗れ、と頭ごなしに命令した。

終始不服そうな様子の啓太を学校まで送ると、校門の手前で「ここでいい」と言う。祐治は無視して校門を抜け、まだ登校する児童のまばらな昇降口ぎりぎりまで寄せた。

啓太は急いで降りて、祐治が「がんばれな」と声をかける間もなく恨みがましく力任せにドアを閉めた。

サイドミラーから軽トラックの荷台を物珍しそうにのぞき込む児童が見えた。

ああ、ちっぽけな植木屋の軽トラックから降りるのを友達に見られるのが嫌だったのか、と帰りの道中で祐治は考えた。せめて自家用車のホンダでくればよかった。無精髭の生えた顎を撫で、バックミラーに額を映して短い髪をあげたりさげたりした。

ついこの間いったばかりのような気がしたが、なじみの理容店に電話を入れた。開店後すぐだったら空いているという返事だった。

祐治は時間を持て余して車を東へ向けた。

土手を正面にして車をよせると、海が鳴り、雨が窓を打つ。白いしぶきが雨風と合わさり、かさあげされた道路まで飛んでくる。

阿武隈川河口からまっすぐ延び、海と陸を隔てる防潮堤に人の姿はなく、飛ぶ鳥もない。雨が軽トラックのルーフや窓ガラスを叩く音の他何も聞こえない。色彩を欠いて広がる海を眺めていると飲み込まれそうで心が騒ぎ、混乱した。元は鬱蒼とした松林であった野を新しくつるりとした道路が切り裂いている。荒涼として寒々しく、無機質な海辺を雨が塗り込めて想像力を殺す。

祐治はドアを開けて外へ歩み出た。

荒ぶる海は波が高く立ち、潮が煙っていた。足場がなければ人が生きられない世界。見通しが悪く、果てしない。ただただ広く、時間も距離も消え、灰色の虚無が横たわっていて自分が今立っている場所を見失いそうになる。焚き火を見つめるのとは違い、不安に駆られる。

厚く黒い雲の下、航行する船のない海はあの世を思わせ、波の寄せては引く浜辺は常に生と死のせめぎ合いを想起させた。黄泉《よみ》から無数の死者の手が伸びてきて、死が迫るようだ。ひと言呼びさえすれば、即座に死者が応え、引き寄せられ、あっという間に波の間に飲み込まれそうだ。

海が好きだったことはなかった。

年をとるうちにますます嫌いになった。ならばなぜ、と祐治は思った。こんなふうにして顔を海からの風に曝しているのか。

風でジャンパーの裾が翻る。一層勢いを増して雨が顔に吹きつけると、水中に顔が浸ったようで苦しくなり、祐治は海から顔を背けて引き返し、軽トラックに戻った。

仕事になんねえな。

フロントガラスに落ちて流れる雨水を目で辿り、消えるとまた別の雨粒を追った。今朝のことを考えた。啓太が歩いて学校へいくと言うのだから、歩かせてやればよかった。たかが雨降りでいちいち心配することもない。いつもこうしろああしろと、どうしても押し通してしまう。

ため息をついて、無意識にダッシュボードを探ってから、祐治はとうの昔にたばこをやめていたと思い出す。時計を見るとまだ散髪にいくのは早い。自宅で三十分ばかり横になれる。たばこの代わりに自分で買ったのやらもらったのやらわからない缶コーヒーをダッシュボードから取り出して口をつけ、じんとくる甘さに舌打ちをして乱暴にUターンして自宅へ車を向けた。

家に戻ると、老眼鏡をかけた和子が居間で年季の入ったノートパソコンに両手の人差し指だけを使って文字を打ち込んでいる。最近は手一杯でつい母の和子に請求書の作成や振り込みを手伝わせていた。

まいったな、と祐治はタオルで服を拭きながら雨のことを言ったが、和子は「啓太ば怒鳴るんでないよ」と朝の件を叱った。

ああ、と自省しているところに言われたので祐治は苛立たしく返事をする。

「言い方あっぺ」

「なんつうのや、車に乗ってくださいっつうのか」

そう言うと、それ以上議論は嫌だという調子で和子は「ばあが」とつぶやき、老眼鏡を外して茶を淹れにいった。

祐治は表へ出て、乾いた汚れがこびりついている刈込鋏を二丁、庭の水道で洗った。そしてそれらを玄関に持ち込み、框《かまち》に広げたタオルの上に並べ、布で水気を拭う。

鋏を開いて目に近づけた。鋸を使わず、多少太い枝なら力任せに切ってしまうからだろう、刃こぼれが目立つ。祐治はレンチで支点のネジを外してバラし、ゴムの錆取りで刃の接合部をごしごしこすった。とれにくい油汚れはクリーム状のクリーナーで落とす。

刃の掃除が済んだら、バケツに水を汲んできて框に座布団を敷いて按配のいい横向きの体勢に座る。砥石を目の前に据える。一本の槍のような形になった鋏の片方を、真横にして砥石に当て、水を振り、研ぐ。

前屈みになって腕を前後に動かす。こんな姿勢の作業を習慣にしていると、背中がどんどん丸くなっていきそうだ。もっと年を取れば田植えで腰の曲がった農家のばあさんみたいになるかもしれない、と毎度思う。

刃を滑らし、具合を見て濡らし、また研ぐ。陰影のくっきり浮かんだ銀色の刃が、玄関の電灯の光を揺らめくように照り返す。前に傾《かし》いで砥石に覆い被さり、上半身を固定して両肩を起点として腕だけを反復させる。研いでいるうちに動作が意識を離れ、腕が機械のように自動で前後に動く。刃を玄関の光にかざす。水を振る。没頭する。時間が消える。

丸めた背中に重みを感じた。

疲労や倦怠が、ちょうどこんな雨で作業が滞った日に一度にのしかかってくる。体が鉛のように重くなって目がちかちかして眩しくなる。それは頭痛の前兆でもあった。だが今受けている重みはいつもと違い、心地いい。赤子を背負っているような皮膚の温もりを感じた。ささくれだった気持ちがほどけていくようだった。緩慢な時間に身を預けながら、祐治は鋏を研ぎ続けた。

呼び鈴が鳴った。

こんにちは、と外で近所の糸井《いとい》さんの奥さんの声がする。

今何時だろうと思いながら石みたいにカチコチになった体を起こして戸を開けると、糸井さんの奥さんが紙袋をさげていつもの柔和な笑みを浮かべている。

糸井さんの旦那は岩沼《いわぬま》の病院で薬剤師として働き、夫妻には子供がなく、特に奥さんは啓太を不憫に思ってか、何かと世話を焼いた。和子と馬が合うので奥さんは時々世間話をしにくる。

りんご、と糸井さんの奥さんは紙袋を差し出した。「ちょっと柔《やわ》いけど甘いよ、早めに食べて」

雨を受けたところが点々と色の変わってふやけている茶色い紙袋にりんごがぎっしり詰まっていて、持ち手の部分が破れてはち切れそうだ。

いつもすみません、祐治は頭を掻いて受け取った。

それからこれ、啓太君に、と糸井さんの奥さんは灰色の手袋を祐治に渡した。指なしの形状だが、パーカーのフードのように甲の部分に覆いがついていてミトンの手袋にもなる。男の子には少しかわいい感じがすると思ったが、祐治はありがたく受け取った。

「啓太君の手袋、親指に穴空いてるでしょ、暖かくなってきたからいらないと思うけど、来年使えばいいし」

早口でそう言い、糸井さんの奥さんは後から出てきた和子に「こんにちは」と挨拶をした。長くなるはずの世間話が始まったので、祐治は和子に場所を譲った。

そこへ、また呼び鈴が鳴る。

戸が開くと、いつも軽トラックで住宅街を回って野菜や果物を売る富樫《とがし》さんというじいさんが顔を出す。

「りんごあるよ」と富樫さんが言うと、和子が「今こんなにもらった」と答え、笑い声が湧く。

富樫さんは「んで、イチゴは」と軽トラックに見にこいと手招く。

それにしても息子の手袋の穴に他人が先に気づくとは間抜けだと祐治は思った。鉄棒で遊んだりするから手袋が傷むのだろう。糸井さんの奥さんがその話を和子にまた話すと気まずいので研ぎ仕事は一休みにして祐治は奥へ引っ込んだ。

台所の時計を見ると、理容店を予約した時間を三十分も過ぎていた。


バイパス沿いに車をずらりと並べ、派手なアーチの装飾を施した店を想像していたが、明夫が働く中古車販売店は道路を一本入ったところにあって目立たなかった。販売店というより修理屋か整備工場という雰囲気で、展示してある車は二十台もない。それも古い年式の車か、事故車かわからないが異常に格安の輸入車が多い。

店の前に軽トラックをとめ、作業着姿の祐治はポケットに手を突っ込んで展示してある外国車を眺めた。

店からこの前と同じくたびれた黒いスーツを着た明夫が出てきて、客が祐治とわかると中に戻りかけたが、諦めたように近づいてきた。

「なんだ」

明夫はぶっきらぼうに言った。

「元気かよ」

「なんなんだよ」

明夫は繰り返した。

「ただ顔を見にきただけじゃねえか、邪魔なら帰るよ」

明夫は、祐治の足袋から頭に巻いたタオルまで目をやり、「まだ植木屋か」と言うので祐治は頷く。

数秒黙り、「お前」と明夫は何か思い出したように唐突に言った。「昔、親方に頭突き喰らって病院にいってたな」

あそこはもう辞めたよ、と祐治は言った。

明夫は組んでいた腕をだらりと下げ、しばし考えた後、入れというように人差し指で示した。

頭突きを喰らったのは西島造園に就職してから三年経った頃だ。後から新人が入ってこなかったので、祐治はいつまでも一番下で、朝の掃除を任され続けていた。ひとつ上の高木はすっかり一人前の造園技師として現場を仕切り、祐治は高木の下についてあちこちを回った。祐治に対して初めのうち使っていた穏和な言葉遣いや態度は消え、高木は祐治を顎で使うようになっていた。

その日、六時半に祐治が出勤すると事務所の鍵が開いていて、長椅子で専務の野本が毛布にくるまっていびきをかいていた。酒の臭いがした。夜に酒盛りをして野本だけが残ってそのまま朝まで寝てしまうというのはよくあった。

掃除をしている間に野本は物音に気づいてむっくり起きあがると「坂井か」と蛍光灯に照らされて、眩しそうに開けきらない目を祐治に向けた。水、と野本がこちらを見もせず手招くような仕草をするので、祐治は不快に思いながらペットボトルを冷蔵庫から渡した。コップに入れろよ、と野本は喉を鳴らすように低い声を出す。

祐治は頭に血がのぼった。酔っ払いが嫌いだった。親父も酔うと目が据わった。よくものを投げ、怒鳴った。

祐治が無視してペットボトルを野本の目の前のテーブルに置き、箒とちりとりを持って出ていこうとすると、野本が「おい」と呼びとめ、水をコップに入れてここへ置け、とパンのように膨れた手でテーブルをばんばん叩く。

かまわず表へ出ると、野本がそれまでのぐったりした態度が嘘のように素早く立ちあがるのが気配でわかった。向き直った途端、野本が猪の勢いで猛然と祐治に向かって突進してきた。

構える暇も、手で防ぐ間もなく、野本の頭か、もしくは肩をまともに顔面に受けて祐治は後ろへ倒れた。さらに野本は「このがき」と馬乗りになって仰向けの祐治の頭を地面に押さえつけた。祐治は野本の頑丈な体を退かそうともがいたが、振り回した両手は空を切った。殺されると思った。

かけつけた高木が野本を後ろから抱きかかえるようにして引き離した。

顔面が潰れた感覚があり、祐治は両手で顔を覆ったまま、仰向けに倒れて動けなかった。

祐治、平気か、と高木が長椅子に座る祐治の正面にしゃがんで見あげる体勢で様子を窺う。

何ともないです、と祐治はさっきまで野本が寝ていた長椅子でしばらく休んでから立ちあがろうとしたが、目に衝撃を受けたせいか、転んだ時に後頭部を打ったせいか、ぐらりとめまいがして、どちゃっと嘔吐した。

まだ息の荒い野本は舌打ちして「高木、お前病院へ連れていけ」と言い残し、祐治の様子を気にしていた他の同僚に「おら、いぐど」と声をかけて現場へ出発していった。

車酔いのような感覚が続き、嘔吐が止まないので、祐治は高木の車で、国道六号線沿いの整形外科へ送ってもらった。ＭＲＩ検査に一時間以上かかるというので高木を先に現場に帰した。

検査後、脳しんとうだと若い男性の医師は言い、黒くなって腫れている左目を気にして相談することはないか、と聞いた。仕事仲間同士のいざこざだと祐治は正直に答えた。

めまいが続くが心配ないと頭痛薬を処方された。翌日、祐治は薬を飲んで仕事に出た。何ともないか、と仕事の進捗でも確認するように聞く野本に「はい」とだけ返事をした。悪かったな、と野本は言い、祐治は同じ調子で「はい」と答えた。

祐治はもう当時の記憶も薄れていて明夫が憶えているのが意外だった。

「よくあんな職場で続いたな」

明夫は言った。

商談をするサービススペースに入るとむっと暖房が効いていて、たばこ臭い。そこはガソリンスタンドの待合室のようだった。椅子の四つあるテーブルと壁際にソファがあり、横にオイルやタイヤのカタログの並ぶスチールの棚、飲み物の自動販売機が備えつけてある。

　仕切りもなく奥に事務所が続いていて、突き当たりに男がひとり、手前に女がひとりPCに向かっていた。

「今はひとり親方だ」

　祐治は言った。

「らしいな」

　明夫は缶コーヒーを二つ買ってテーブルに置いて座ると祐治にたばこを薦めた。祐治が首を振ると一本くわえて百円ライターで火をつける。明夫が横を向いて吐いた煙が、祐治のほうへ流れてきた。

　二人とも椅子の背に体重を預け、相手の言葉を待った。

「この前わからなくて悪かったな」

　祐治は言った。

　ふっと明夫は笑い、はげたからな、と言った。

　それに太っただろ、と祐治が言うと、明夫は自分の腹を見て「そうか」と今気づいたかのように呟いて「これでも痩せたんだ」と腹をさすった。「どんどん体重が減ってく」

「どっか悪いのか」

明夫はそれに答えないで「お前、再婚したんだろ」と逆に聞いた。

「ああ」と祐治は声を漏らし、少し迷ってから「出てったよ」と言った。

明夫は顔を引きつらせた。明夫の視線は祐治の顔の横を通り過ぎて外へ向けられた。同情というよりは触れたくない話題を自ら持ち出してしまったという苦々しい気持ちが表れていた。

六郎からも、河原木からも祐治は聞いていたが、明夫の妻の恵《めぐみ》は、明夫の酒癖の悪さに愛想を尽かして生まれて間もない娘の玲奈《れいな》を連れて浜吉田《はまよしだ》の実家に帰った直後、海の膨張に巻き込まれた。

「お前でもうまくいかねえのか」

明夫はがっかりしたように言った。

「どういうことだよ」

「俺を見ろ、何やっても続かねえ」

明夫はたばこを挟んだ指で自分を指し、「ここもクビになりそうだ」と今度は親指で奥を示して事務員と奥にいるオーナーらしい小柄な男にはばかることなく言う。

「俺だってうまくいかねえことばかりだ」

祐治は言った。

「報いだよ」

明夫はつぶやいた。

「なに」

「なんでもねえ、ここは居心地がわりぃ」

明夫は落ち着かず、職場のことを言ったのか、地元のことを言ったのか、祐治にはわからなかった。

祐治は西島造園で働いている時、居心地など考えたことがなかった。とにかく穴を掘って、土を運んで、木を切った。祐治は野本という人間とつき合っていくのは仕方がないと考えた。嫌な人間のひとりもいない、安楽な職場など、この世のどこを探してもありはしないとわかっていたからだ。関係ができあがってしまえば、初めほど苦しまずに済む。あの野本でさえ慣れたのだ。結局もめ事も助け合いも日々似たようなことが繰り返されるだけだ。

突然明夫がひとしきり咳き込んで灰皿に痰を吐いた。

「大丈夫か」と祐治が聞くと「客くるから、もういってくれ」と明夫は立った。

祐治は外へ出た。聞き違いかと思ったが、報い、と明夫は言った。確かにそうだ。苦しむのは自業自得で、晴海が死んだのも、知加子の腹の赤子が死んだのもみんな自分のせいである気がした。

客がくると言ったが、風のせいで薄く埃が積もり、バイパスから流れてくる空気にくすんだ外国車を誰かが見にくるとは思えなかった。


強い尿意で目が覚めた。

トイレに立とうか、あと一時間くらいで迎えそうな夜明けまで布団の中で我慢しようかと逡巡していると、尿意は収まらず、頭が覚醒へ向かう。祐治は仕方なくもそもそと起き出して用を足した。

ベッドに戻ってもうまく眠れなかった。強く目を閉じて無理に寝入ろうとすればするほど冴えてくる。祐治は仰向けのまま、目だけを窓へ向け、ぼんやりと抱えている工事の遅れを思った。一度仕事について思いを巡らすと、調達を待っている資材の納期や新人の雇い入れの迷いや今年の梅雨の不安、さらには先日の明夫との会話まで頭に浮かび、とても寝ていられない。

それでも布団を頭からかぶり、雨が屋根を打つ音に耳を澄ませるが、苦しくなって顔を出す。やがて窓からの薄明かりをまぶたに感じ、まどろんだところでけたたましく目覚まし時計が鳴った。

顔を洗い、祐治は縁側に立って、誰かが現れるのを待つように、見通しの悪い道路の霞を眺めた。冷たい夜が明け始めても窓の外は薄暗い。空の色から、改めて天気予報を聞くまでもなく、雨は容易に降りやまないと知れた。

関わっている住宅の庭の施工が遅れていた。春は造園や垣根の施工工事が多く、梅雨の時期を越えると植物が伸び、草刈りや剪定の仕事が増える。

朝飯を食った後で啓太を学校に送り、十五分くらい横になった。こんな日が六月になれば続く。

頭痛がした。こめかみから側頭部にかけて脈打つようにずきずき痛み、吐き気もあった。雨は一定の調子で纏わりつくように降った。室内の空気もどこか湿っぽく冷えて沈んでいる。ふと去年の台風を思い出した。啓太は縁側にひとりで立ち、暴風に煽られて舞いあがる新聞紙を愉快そうに観察していた。飛んでいった新聞紙が空中を巡って戻ってくると、けらけらと声を立てて笑った。

啓太は大人しいが、運動が好きな子供だった。足も速いほうだった。時々、仏間で逆立ちの練習をしている。足を振りあげて三秒か、四秒、ゆらゆらして倒れた。学校で友達と競っているらしく、一秒でも逆立ちの記録が伸びる度に祐治に披露した。

晴海の墓参りにいくと、寺の境内にある公園の鉄棒へ走っていく。細い腕でぶらさがると全然体が持ちあがらないくせに祐治に見せつけるように懸垂をやり出す。鉄棒に摑まってぷるぷる筋肉を震わせている姿が、どうにもならないことへのあがきのように見え、また、降りかかる出来事全てになすすべのないひとり親の祐治への非難にも思え、胸が詰まった。

常日頃から、啓太につき合ってやれない後ろ暗さがあった。啓太の日焼けした腕や足、しょっちゅうつけてくる擦り傷、砂で汚れた服など、切り取られた断片からのびのびやっているのだろうと勝手に想像し、啓太の学校生活に突っ込んで話を聞いてこなかった。

時々T君という名前を聞くが、学校の外でも一緒という仲間はいないらしく、ひとりでいることが多かった。兄弟もいないので、気の置けない仲間ができたらいいと思っているうちにいつのまにか小学校生活も終わりに近づいた。

週末など、啓太が友達の所を訪れている様子はなく、居間でテレビゲームをしたり、縁側の椅子で本を読んだりしていた。祐治は子供の頃、羽を持ってトンボを引き裂いたり、道路にカエルやカマキリを置いて車に轢かせたり、犬や猫に石を投げたりした。啓太が内向的なのを心配したが、俺よりマシだと祐治は考えた。

縁側にあるひとりがけの木の椅子は啓太がどこにでも好きな場所に持っていって使う。

昔、晴海が洗濯物を畳んだり、新聞や雑誌を縛ったりする時に座っていた椅子だった。

晴海が逝ったのは啓太が物心ついてすぐ、一番甘えたい三歳という年の頃だった。晩飯を食った後など、啓太は母の匂いを嗅ぎ取ろうとするように座布団を敷いた木の椅子でうつらうつらと気持ちよさそうにまどろんでいた。

最近、啓太に屈託が現れた。

十代らしい心の変化なのか、再婚相手の知加子が家を出たせいで未だに動揺が続いているのか、祐治は知りようがなかった。ついこの間まで啓太は笑ったり怒ったりしながら学校の様子を話してくれたが、最近は話しかけても曖昧に返事をするだけで黙ってしまう。それまで好きだったものを嫌いだと言い、無闇に苛立ったり、むっつりと塞ぎ込んだりしていちいち祐治を悩ませた。

年相応の新しい心の側面の表れに、祐治は余計なことと知りながら自分に起因するものを探し当てようとする。あえて自分のせいだと進んで思い違いをして、かえってやりとりがギクシャクして啓太との距離が広がる。

啓太をたくましく育ててあげなければならない、晴海の思いを貫徹しなければいけない。俺に、晴海が残せなかったものを啓太にいくらかでも与えられるだろうか。そんなふうに自分を縛って、祐治がすることと言えば、突き詰めるようにしてする仕事のみであった。

頭痛薬を飲み、雨合羽を着込んで仕事の支度をした。外へ出ると、こんな雨の中で鳥の鳴き声がする。モミジや軒下にスズメがたかって雨をしのいでいた。

巻きつけられた鎖の元を辿るような気持ちで、祐治は晴海の死を思い起こした。親戚連中のすすり泣きが耳に残っている。どこにいてもそのすすり泣きが追いかけてきて取り囲み、どれだけ晴海の死を悼んでいるか問う。このところは啓太の無言の姿勢も、祐治は自分に向けられていると感じた。

晴海が生きていたら、啓太はどういう人間に成長しただろう。もっと物静かになっただろうか、それとも言いたいことを言いたい時に言うようになっただろうか、今と変わることなく健やかだろうか。

そうであったかもしれない現在、今とは違う啓太、持ち得なかった家族の団欒《だんらん》、それらを夢想してみても詮無いが、晴海が死んで以来、知加子と再婚した後でさえ、寝入る前に考えない日は一日としてなかった。

父である自分をいくらか疎ましく思っていようが、すぐに機嫌を損ねる気難しい性質を持っていようが構わない。祐治には、和子に付き添ってスーパーへいき、買い物袋を両手にぶら下げて帰る啓太が誰よりも優しく思えた。

啓太と知加子の間には隔たりがあった。結局それは祐治自身、知加子と折り合いが悪かったせいだった。祐治と知加子の間の子供は生まれることなく、腹の中で成長をとめた。頭をたたき割られたような衝撃を受け、祐治の思考は停止し、慰めようのない悲しみに包まれている知加子を前に呆然とした。河原木に紹介され、あれよあれよという間に結婚した急ごしらえで成熟していない夫婦には事態が受けとめ切れず、最初に祐治がつないだ手を放してしまった。

流産の後、体力を取り戻した知加子は百貨店の仕事に復帰し、励んだ。ある日、祐治が仕事を終えてその時借りていた家へ帰ると、知加子は消えていた。啓太だけがテーブルにぽつねんと座っていた。

祐治は晴海を思い、知加子の腹の中で成長をとめた子を思い、苦悩に悶えた。生きている間の辛苦は本人と共有できるが、死は別だ。死だけは本人ではなく、側にいる人間が引き受け、近いほど強烈に感じ続ける。

軽トラックの運転席でひんやりしたハンドルを握り、祐治は仕事の段取りをつけた。アクセルを踏む。車が揺れた。祐治は啓太の屈託に悩まされもし、その苦労を他ならぬ啓太自身の存在によって励まされもした。

夜中に喉が渇いて台所で水を飲んでいると、白い装束を着た晴海が居間に立ってこちらを見ていた。祐治は視界の端に晴海を捉えながら、振り向けば晴海は消えてしまうと思い、水道の蛇口を凝視した。晴海が話すのを待った。声を聞きたかった。吐息でもいい。咳払いでもいい。合図を送って欲しかった。だが部屋は物音ひとつせず、しんと静まっている。ほんの数秒なのにもう我慢できなくなって祐治は晴海を見た。

膝まで覆うナイロンの雨合羽がハンガーにかかってわずかに揺れていた。乾かすために弱く暖房をつけているせいだった。頭の中に、未練がましく雨合羽を晴海の幽霊に見立てる自分と、いったいどういうつもりだと馬鹿馬鹿しく思う自分が双方あった。

ベッドに戻って寝入る。ふと目を開けると晴海が一糸まとわぬ姿ですぐ横に背を向けて寝ている。触れようとすると、晴海は振り返る。だが、それは知加子だった。知加子はハンバーガーに食らいつくように祐治の首にがぶりと噛みついた。ごりごりと首の筋に歯が食い込む音がして鮮血がほとばしった。

幻影は晴海が見せているのでなく、俺が自分で見ているのだと祐治はわかっていた。俺だって死んだらこの世に舞い戻って化けて出るのはごめんだ。物言わないで佇んでいるだけの影、残像などになりたくない。

生者は時に闇をかき分けてでも失った人を感じたくて、すがるように光を追いかけて手を伸ばす。幽霊とは死者が送って寄こす信号でもメッセージでもない。幽霊とは死者がこの世に残した感情だった。生者がやむにやまれず、死んだ者から無理矢理引きずり出した影なのだ。

午前中は二トンと軽トラックを時間をかけて洗車した。

庭の蛇口から引いたビニールホースを巻き取りながら枝の伸びたモミジや蔦の絡まったツバキを眺めた。他所の家の庭ばかりをいじって、自分の家の庭はほとんど放っていたと思い、祐治は頭の中で木を刈り込んで植え替えてみる。すると表に河原木の白いスバルがとまった。

農家の実家からもらってきたと、河原木は白菜、ブロッコリー、ネギのどっさり入った米袋を車から降ろす。

「その夢は実話だな」

夢の話をすると河原木はからかう。

知加子が怒ると噛みつくクセを河原木も知っていた。

河原木は車庫に立てかけてあった、祐治の商売道具である刈込鋏を持ってその辺の雑草を無闇に切った。

祐治が明夫のいる中古車販売店にいったと言うと、河原木は刈込鋏を持つ手をとめて驚いた顔をあげた。

「意外そうだな」と祐治が言うと、河原木は「うん」とだけ返事をしてまた雑草を刈り、「まだ恨んでいるようだったか」と聞く。祐治は「さあ」と答えた。

そうか、と河原木は言った。

「報いだと言われたよ、明夫は晴海が死んだのも俺のせいだと思ってる」

「そんなことはない」

「なぜわかる」

「なんとなくだ。お前と違って俺は明夫と普通に話すからな」

二十歳を過ぎて造園の仕事に曲がりなりにも慣れた頃、河原木にバンドのライブを見にこないかと誘われた。

仙台の同じ私立大学に通っていた河原木と明夫は同級生を頼りに人を集めてアイリッシュフォークバンドを組んでいた。河原木がギター、明夫がベースを弾き、その他にバンジョーやバグパイプやバイオリンやティンホイッスルの奏者がいて大所帯のバンドだった。

バンジョーやバイオリンだけ熟達していて、残りの連中は初心者に毛が生えた程度だった。特にドラムはひどかった。ドラムを叩いていた、髪の短い、肩のがっしりした女が晴海だった。

バンドのメンバーに混じって酒を飲んでいるうちに祐治は晴海とすぐに打ち解けた。晴海は同じ大学の河原木と明夫に熱心に誘われて始めたが、本当は楽器は苦手で練習もあまりしていないと内緒話のように祐治に話した。祐治が「確かにお前だけド素人だ」と言うと、晴海は嬉しそうだった。

大学入学以来、明夫は晴海に惚れていて、酒の席に顔を見せる祐治が鼻持ちならない様子だった。大勢で飲んでいても、普段から塞ぎ込んで話に加わらない明夫は、祐治が晴海と親しく話すと介入してくるわけでもなく、祐治を睨みつけるばかりだった。

祐治は明夫の気持ちを知りながら、明夫に「俺らの集まりになんでいるんだよ」と文句を言われても気にしなかった。一度、皆で飲んだ後、頰を赤く染めた明夫に「もうバンドの飲み会にくるな」と釘を刺された。祐治は了解した。それからは晴海と二人で会った。

晴海によれば、明夫はバンドの練習に姿を見せなくなり、中学一年の時に始めたベースもやめてしまったという。バンドのメンバーとは疎遠になり、河原木が電話をしても出ない。大学で晴海や河原木の顔を見ると気まずそうに避け、声をかけても無視するらしかった。

明夫は祐治のアパートに姿を見せるようになった。

アパートの駐車場で待ち伏せ、祐治と晴海が玄関の前で鍵を開けている時に、明夫は当時乗っていたカワサキＫＬＸのライトでピカ、ピカと二人を照らして猛スピードで走り去る。街中を二人で歩いていても、近くでおなじみになったＫＬＸのエンジンの回転音を聞いた。祐治も晴海も放って置いた。

ある時、晴海が体調を崩してアルバイトを休み、祐治の部屋へきた時、玄関がまたバイクのライトで照らし出された。祐治は頭に血がのぼって「明夫」と怒鳴り、バイクに突進した。明夫はバイクを急発進させ、慌てて方向転換した勢いで転倒した。倒れた明夫の胸ぐらを摑んで顔を近づけたが、祐治ははっとして殴るつもりで込めた手の力を緩めた。

明夫は祐治の手を払い、縁石のほうまで尻をついたまま後じさっていき、頭を抱えて「向こうへいけ」とうめいた。

嫌がらせを受ける被害者のつもりでいたが、自分のほうがいい気になって明夫をいたぶっていたと祐治は思った。かといってどうすることもできなかった。

それで懲りたかというと懲りず、明夫は時々アパートの近くに立っていた。

晴海は気にすることなく、駐車場の暗がりに潜む明夫に手を振ったりした。

大学を出ると明夫は塗装屋に就職し、河原木は役場に勤め、晴海は街中のアパレルショップで働いた。

二十五の時、祐治は晴海と結婚して仙台市内のそれまでより広いアパートに移った。共働きでどうにかやりくりし、夜は互いに疲労に満ちた顔をつき合わせて飯を食った。気楽に構えて不安もなかった。

二年後、晴海はアパレルショップを辞め、その後啓太が生まれた。植木屋は日が昇るのと同時に仕事を始め、日が沈めば仕事を畳む。朝早く仕事に出て、夜は啓太を寝かせ、また早く起きる。たばこは晴海に言われてやめた。毎日忙しく同じことを繰り返している間に啓太は確かに大きくなっていった。

啓太が赤ん坊の頃、酒飲みだった父孝が死んで、逢隈の実家は和子一人になった。時を同じくして、三十前の祐治は独立の契機を得た。銀行と晴海の父から金を借り、亘理に戻って海の近くに倉庫を借りて西島造園を離れた。

西島造園にいた時と比べたら、ひとり親方でこなせる仕事は限られた。木を一本運ぶだけで、いかに自分の力が小さいかを思い知らされた。

だが仕事はあった。

西島で培った人脈を頼って草刈りのような小さな仕事であろうと引き受けた。六郎や河原木が人を紹介してくれた。最初こそ営業して歩いたが、目の前に積まれる仕事で手一杯になった。おかげで祐治は周りが見えなくなった。

独立してから一日の休みもなく働き続け、祐治はある日、夕飯のとんかつにかぶりついた途端に椅子から転げ落ちるようにぶっ倒れた。ヘルペスで四十度の高熱にうなされ、三日寝込んだ。

熱が下がり、体力も回復して遅れた分を取り返そうと躍起になって働いていた。そしてある日、大気が震えるような地響きが起こり、視界が右へ左へ動いた。海が膨張し、買いそろえて倉庫へ収めていた商売道具と二トントラックを攫った。

今日は休みだろ、と河原木は祐治の格好を見て言った。

祐治は足袋こそ履いていなかったが、作業服を着ていた。

「ああ、セメント買いにいくんだよ」

「週末くらい休めよ、また倒れるぞ」

「ああ、でも休んでもすることがねえ」と祐治が言うと、河原木は笑い、「お前、つまんないやつだな、啓太に嫌われるぞ」と言う。

「もう嫌われてる」

祐治はつぶやいたが、河原木は聞こえなかったようで「気晴らしに啓太を連れて釣りにでもいけ」と何か思い出したように「ヒラメがいい」と言い、「阿武隈川の河口で後輩がこんなの釣ったってよ」と両手を広げて見せる。

「そんなでかいのいるかよ」

「いるんだよ」

河原木は焚きつけるように言う。祐治は河原木の話に乗ったというように「おう、釣ってやるよ」と半ば本気で言う。


待ち合わせに指定した喫茶店に現れたのは、手足のひょろりと長い、頑丈そうな男だった。村田京介《むらたきょうすけ》です、と若い男は名乗った。

腹減ってないか、と祐治が聞くと、村田は「さっきラーメン食いましたから」と静かにクラシック音楽が流れる店内ではばからない大声を出す。その態度だけで、二十歳を過ぎたばかりの若者から、他人を軽んじるような、怖いもの知らずのような、とげとげしい雰囲気をいくらか感じた。

先日、散髪の折に地元亘理で理容店をやっている工藤《くどう》から思わぬ申し出があった。

「祐治さん、確か人手が欲しいって言ってましたよね、うちのお客さんで造園に興味あるっていうのがいるんですけど」

そう言われてみるとそんなことを言った記憶があった。一般家庭の庭の剪定や消毒など、定期的に訪問して管理する作業ならひとりでも十分やれたが、大きい工事はやはり限界があった。日頃から、祐治は人を雇い入れて立ちゆかなくなる心配より、ひとりでやれずに断ってしまった依頼者の顔が先に浮かんだ。

「前は美容師だったらしいです」と工藤は言った。「会うだけ会ってみてください」

祐治は「うん」とだけ返事をして連絡先を預かったのだった。

かつて西島造園の面接で言われたように「きついよ」とは言わなかった。実際、新人に特殊な技術のいる作業をさせないし、無茶をさせることもない。半分担ってくれる戦力を期待してもいない。

単純に疑問に思って動機を聞くと、村田は「かっこいいと思って」と何がおかしいのか肩を揺らして笑った。

一度会って話しただけではわからないので「どうだ、想像と違うところも多いだろうからとりあえずやってみるか」と面接を切りあげて翌日からきてもらうことにした。

村田京介は真面目に働いた。京介の働きぶりを見て、祐治は早くも引き受けられる工事が広がったような気になった。期待していなかったので、満足だった。

人件費で経費が膨らみ、無理をしたと思ったが、五年、十年後を見越して一人前の相棒ができたら頼りになると考えた。京介にとっては給料の安い仕事だが、手に職をつけられると思えばいいだろうと楽観的に考えた。西島造園のように体罰があるわけでも、怒鳴られるわけでもない。

京介は憶えが悪く要領も悪いが、腕力があり、積極的だったから祐治にとってありがたかった。多少軽口はきくが、痛いとも疲れたとも言わないので、感心するよりいき詰まらないか心配だった。

自分の修業時代は目の前の作業をこなすのに必死だったので、祐治はその頃自分がどう考えていたか思い出せず、京介の気持ちはわからなかった。

「独立って難しいですか」

五月、働き始めて一ヶ月経った頃、逢隈の実家兼事務所で仕事終わりに京介が聞いた。

その日はコンクリートブロックを積みあげる住宅の外構工事だった。祐治は京介に声をかけず、最低限の指示だけ出して働きぶりを見た。京介は祐治に合わせて、黙々とブロックを運んだ。二人とも消耗していた。

祐治は冷たい缶コーヒーを手渡して「簡単だよ」と言った。「続けるのが難しい」

へえ、と京介は興味があるのかないのか平坦な返事をする。

「どうした、始めたばかりなのにもう独立かよ」

「すんません」

「ツバキも何もわからねえでか」

祐治はからかうつもりもなく、叱るつもりもなかったが、京介は「ただ聞いただけっす」と祐治が言ったことを不快に感じたようにぼそぼそとつぶやいた。

「うちで飯食っていくか」と祐治は誘ってみたが、京介が「いえ、仲間と飲みにいくんで」といっぱしの親方のように言うので「おう、そうか」と笑った。

京介が帰った後で、祐治は軽トラックで海へいき、歩いた。

闇に白く横たわる防潮堤が海を隠していた。視界を遮られていても、音と潮の匂いと風の具合で海が穏やかであるのが感じられた。わずかに煙たい。

風を受けながら防潮堤の階段をのぼり、浜へ降りていった。黒々とした海が、左手の荒浜港や船の光を拾い、ちらちらと光っている。

火が焚かれていた。

ついさっき足袋の泥を落としたばかりなので、柔らかい砂を避け、草の生えている場所を選んで進んだ。

頭を下げると、老人は頷く。黙って一斗缶をつつく老人の反対側に立ち、火を見つめた。暖かかった。火から目が離せなくなる。火の中に、災厄の風景が浮かびあがる。

阿武隈川河口近くの神社でツツジを丸く刈っている時、地面が動いた。宮司が妻と一緒に年老いた母親の手を引いて出てきて「早く逃げて」と祐治に言い残して車で避難した。

なかなかつながらない電話をかけ続けるうちに時間が過ぎた。晴海にはメールで逢隈の祐治の実家に向かうように伝えると、返信があった。山の麓に実家はある。逃げる途中、背後に土煙と海の膨らみが見え、二トントラックを乗り捨てて高い建物に避難した。

先に逃げ込んだ人が、逃げ遅れた人を窓から見下ろして「早く逃げれ、早く逃げれ」と叫んでいた。それはもちろんその人の無事を願ってのことだったが、一方でその必死さの中に、頼むから目の前で死なないでくれ、目の前で波にのまれないでくれという思いも込められた悲痛な声だった。

翌朝階下に降り、水に浸かりながら家に帰った。一晩中連絡が取れなくて思い詰めていたのか、晴海は祐治の顔を見て泣いた。

災厄に見舞われたのは独立した直後、地元に戻っていざひとりでやっていこうという時だった。海が膨張し、商売道具の全て詰まった倉庫と二トントラックが消えた。造園の仕事を請け負えなくなって経済的に崖っぷちに立たされた。

引っ越し、催事会場の設営撤去、倉庫で荷物の仕分けなどの日雇いアルバイトでしのいでいるうち、見かねた西島造園から声がかかった。

主な仕事は、海がせりあがり、舐めた場所の掃除だった。

元は家の壁、床、屋根、窓、森林、墓石、道路、車、信号機、電信柱、収穫物だったものを寄せて集めて運ぶ。町を形成していた部品が粉々に砕かれ、泥と混ざり、海水の残る地面に敷き詰められていた。それらは鳥の海のほとりに残った温泉施設脇の集積所に集められ、黒い山となった。

祐治は前の仲間に加わって働いた。本当は公共事業の下請けは禁止だったが、誰も気にしなかった。祐治はただひとりの働き手として、人の営みが壊れ、滅ぼされた海辺に出た。慣れたもので祐治は西島のショベルカーやトラックを手足のように動かした。手にマメができた。かちかちに固まって分厚くなっていた掌の皮膚も、アルバイト生活をしているうちにいつの間にか常人の手みたいに戻っていた。ひ弱になってふやけてやがった、と祐治はひとり笑い、またマメができたことを妙に嬉しく感じて、必要以上に力を込めて重機のハンドルやレバーを握り、残骸を運んだ。

残骸が積みあがった黒い山からは強烈な臭いが流れてきた。鼻の奥を焦がして顔を背けさせるような腐敗臭だった。まん丸に太ったハエが終始纏わりついて、耳の側でうなった。嗅覚が破壊され、臭いが体の深くまで浸透して染みついた。

仕事を終えると体が鉛のように重く、腰と膝に鈍い痛みが残った。朝早く目覚めると疲労は回復していて、祐治はまだまだ西島造園の連中と同等に働けると無理をしたが、そんなことを考える時点でどうやらいくらか衰えがきていたのだと後で思った。ひとつ上の高木は雇われの身とはいえ、親方風を吹かして現場を仕切り、ずっと年上の連中をまとめあげていた。祐治も高木についていくように働いた。

天災の後、晴海が体調を崩した。

吐き気を伴う頭痛や強いめまいを頻繁に催すようになった。病院で診てもらったが、ストレスだとか、疲れだとか、神経の乱れだとか言われた。ずばりこの病気だとは言われず、処方された頭痛薬やめまいを抑える薬を飲んでだましだまし生活した。体が重くて朝に起きあがれないという時もあった。

振り出しに戻った、と祐治は思った。また西島造園の仕事をして、高木の指示で動いている。母の和子がひとりでいる逢隈の実家に戻ろうかと考えた。どこへ向かっているのかわからなかった。いくら働いても同じ所に留まっている気がした。もうこれ以上無理だというほど全力で走っても一歩も進んでいないもどかしさがあった。動けば動くほど深い沼にずぶずぶ沈んでいく。

ようやく失った道具を買い直し、ひとり親方として仕事が入るようになっても、体に染みこんだ残骸の臭気が抜けなかった。

晴海の具合はさらに悪くなっていった。体調不良が常態となって、祐治の中で深刻に考える気持ちが薄れる時期もあった。祐治はあえて業務で頭をいっぱいにして、周期的にくる晴海の不調の波を見過ごした。

当時、近所に住む老婆の通院に晴海が何度かつき合わされた。旦那がすぐに手をあげるらしく、病院へ連れていってくれないので晴海を頼ってきた。亭主が家にいるのに、自分の体調もままならない晴海が総合病院の精神科の受診につき添う道理もなく、祐治は承服できなかった。

晴海の体の不調の原因は、老婆の鬱屈した気持ちが乗り移ったのだと祐治は決めつけ、面倒見がよくて頼られているだけと知りながら晴海を責めてしまった。そして相談もなしに老婆の家にいって亭主に事情を話し、断りを入れてきた。

晴海は祐治の勝手な行動に「どうしてそういうことするの」と静かに腹を立てた。「そしたら今度おばあちゃんが旦那さんに怒られるんだよ」

どうやら家庭内暴力の気配のある旦那のことを考えると確かに早まったと祐治は思ったが、晴海の体のほうが心配だった。

「私、大丈夫だから」と言う晴海に、祐治は「まともに起きあがれないのに大丈夫なことあるか」とつい怒鳴った。

祐治は不安で苛々していた。周りの誰もが天変地異で気持ちまで参っていた。心を静めるには働くしかなかった。一日が早かった。家にいる時間が惜しかった。もう少しだ、と祐治は思った。もう少ししたら、もう少し踏ん張ったらゆっくり家族と過ごせる。平穏な生活がすぐそこまで近づいている。だが、そう自分に言い聞かせているうちに時が飛ぶように過ぎた。

災厄から二年経ったある日、晴海が高熱を出した。翌日の早朝から晴海は激しく咳き込み、祐治は啓太を逢隈の実家に預け、晴海を岩沼の総合病院へ連れていった。晴海はそのまま入院した。インフルエンザに感染して肺炎を起こしていた。投薬の甲斐なく熱は下がらず、晴海は意識を失い、未明に眠ったまま逝った。

啓太が就学前だったので、逢隈の実家に移り住んで、仕事に出ている間和子に面倒を見てもらった。

晴海を亡くしてからしばらくは、おめえはどいなぐしても啓太ば育てなきゃなんねど、と和子が折に触れて牽制する調子で祐治に言った。祐治がいつもより帰るのが遅くなったり、大雨で仕事がだめになった日など、和子は祐治の精神衛生を点検するふうだった。

和子のその態度が、まるで生きるのが嫌になった人間に向ける言い方のようで、祐治は暗い気持ちになった。確かに前後不覚になるまで酒を飲んだり、夜遅くに帰って啓太に心配をかけたことが幾度かあった。だが祐治にとって酒はまずく、習慣的に飲むことはなかったし、夜中に帰ったのは数えるほどだったので、いつまでも疑うような和子の言い草が癪だった。

その頃、臭気を放つ黒い山はとっくに消え、吹きさらしの荒野と化した荒浜や鳥の海周辺には道路が通り、電信柱が立った。そしてそのまま、大して変化は見られなくなった。時が止まったように風景が固定された。

一時減った仕事も急激に増えた。新築住宅の庭の施工からメンテナンスまで忙しかった。仕事で生活を満たした。時々、西島造園の仕事も受け、知った面々と顔を合わせて、街路樹の剪定なんかをやった。

頭の中に隙間ができると終わりである気がした。少しでも考える時間があると、自分が存在している理由がわからなくなりそうだった。立ち止まると足を払われそうでつい力んだ。

いつもそうだった。うまくいきそうな時に足下からひっくり返される。恨めしいが、いったい誰が、何が恨めしいのかわからなかった。自分がいなくてもいい気がした。庭を造るのは何も俺でなくていいのだ。

西島造園の世話で仕事をしていた現場で、糸が切れた。体調が悪いわけでも怪我をしたわけでもない、嫌がらせを受けたわけでもない、悪口や嫌みを言われたわけでもない。ただ力が入らなかった。

電池の切れたおもちゃのように祐治は山盛りの土を載せた猫車を降ろして立ちすくんだ。

あれ、祐治さん、どうしたの、と西島の若い作業員が言った。

猫車から土がこぼれた。

怪我でもしたの、同じ男が聞いた。

男の声は音として祐治の耳に入っただけだった。祐治は頭に巻いていたタオルをとって顔を拭き、車に乗って現場を離れた。いく当てもなく海へ向かい、横一文字に広がる盛り土に寄せて車を駐車した。そこには時間がなかった。ただむき出しの盛り土の側でダンプやショベルカーが動き、白いコンクリートのブロックが転がっていた。

海と対峙すると苦しくなった。

海や空を見て苦悩を小さく感じるどころか、むしろいかに自分が虫けらと変わらず、この世で火花のように刹那に存在する取るに足らない命かという事実をこれでもかと痛感させられ、頭が狂いそうになる。

怒ったり、悲しんだりしたところでどうにもならない災厄が耐えがたいほどに多すぎて、右にも左にもいけず、ただ立ち尽くすほかない日が続いた。穴があった。どれだけ土をかぶせてもその穴は埋まらなかった。底が見えず、地獄まで続いている。飛び込んでしまえば楽だという囁きを聞きながら、祐治は無駄と知りながら土をかぶせ、穴を埋めようとした。それは無限に続くと思われた。

祐治は人の一生を想像した。

生まれ落ちた時に水のいっぱい入った皿を持たされ、こぼさないように歩く。歩いている途中でいつの間にか水は蒸発したり、躓《つまず》いた拍子にこぼれ落ちたり、また人に与えたりして減っていく。人によって皿が空になる時間はまちまちである。

水をたっぷり残しても、褒められるわけでも、何かもらえるわけでもない。弱いもの同士で寄り合い、危険を避け、見て見ぬ振りを決め込んで辛いことや嫌なことをやり過ごして一生を終えてどうする。儚《はかな》い時間を歯を食いしばって耐えて何になるだろう。

晴海が死んだのは俺のせいだ、俺が晴海の命の水を飲み干したんだ、祐治はそう思った。

日が暮れる頃、野本から電話があった。

「高木から聞いたぞ、大丈夫かお前、大変なのはお前だけじゃ……」

祐治は無言で電話を切った。そして軽トラックの中で眠った。

寒気がして目を覚ますと、三時間ほど経っていた。湿気が肌に纏わりついて不快だった。しらふなのに、頭が朦朧とした。

帰ろうとして更地を走っていると、いつの間にか田んぼ道に出た。何もない土地で、周囲はどの方角も同じ風景に見える。どん詰まりにいき着き、もう車がどっちを向いているかわからなくなった。

引き返そうと乱暴に切り返すと、車体がこすれる衝撃が伝わってきた。木にでもぶつけたか、と思ったが周囲に木などない。車が傾いている。何のことはない、左の後輪が側溝にはまったのだ。

うなだれ、前のめりになってハンドルに頭をぶつけた。体を起こし、もう一度、さっきより強く頭を打ちつける。祐治はその動作を反復した。痛みは感じなかった。額を打ちつけてもゴムボールのように跳ね返る。だんだん頭がハンドルにめり込んでいく錯覚を覚えた。意識が飛びそうだった。遠くで何か叩く鈍い音がする。音はだんだん近づいてきて、すぐ耳元でこつこつと聞こえる。誰かが車のサイドガラスをノックしていた。

祐治は窓を開けた。

冷たい空気が流れ込んできた。

「大丈夫が」

この辺りの農家の人か、つばの広い麦わら帽子をかぶった男が軽トラックの中を覗き込む。祐治は顔をあげて男を見て、そこがどこだかわからずに辺りを見回し、また男を見た。

大丈夫です、と祐治はやっと返事をした。

暗いがらドブさはまったんだべ、と男は言い、かっかと笑った。

男はどの方向から現れたのだろう。近くに光源はなかった。前方にまっすぐ延びる真新しい道路の先にオレンジの電灯の光が等間隔に続く。落ち着いてみれば知った道路だった。祐治の軽トラックがドブにはまった地点は、距離が開き過ぎている電灯と電灯の間にあり、深い谷間のように暗い。できたばかりの道路だというのに電灯が切れているのだろうか。本来なら今いる辺りに電灯があるはずだった。

闇夜でも、遠くの山の稜線をかろうじて辿ることができ、手前に常磐自動車道の照明が連なっている。その下で民家の消え入りそうな窓の明かりがぽつぽつと小さく集まり、冷気にほのかに震えるように浮かんでいた。

軽トラックのライトが雑草の生えた畦を照らしている。

舗装された道路上で切り返したと思っていたが、道をはみ出てしまったようだ。酔っ払っていると思われている気がし、祐治はできるだけ軽快に車を降り、点灯した車内灯を頼りに後輪を確かめると、細い側溝にタイヤががっちり落ち込んでいた。こんな運転初心者がしでかすようなへまは初めてだった。

麦わらの男は気楽な調子で下手な口笛を吹き、蜜柑《みかん》くらいの石をいくつか側溝の中にはめると「少しバックさせろ」と言い、「ほんのちょっとな」と早口で言い足す。

言われた通りにしたが、うまくタイヤが石に噛まなかった。

祐治は男の夜の口笛を不吉に感じながら、また外へ出ていい按配の石を探す。

麦わらの男が畦をいったりきたりするのに合わせて、口笛も一時遠ざかり、また近くで聞こえる。どおれ、と男は水路に渡してあった板を剝ぎ取ってくるとタイヤと側溝の間に差し込んだ。

「よっしゃ、俺押すがら、おめ車出せ」

麦わらの男は言った。

ご迷惑をおかけします、と祐治は頭を下げると、男はいいから車に乗れというように右手を払うように振る。

板がばきっと割れる音がし、車はするりと道路へ復帰した。

礼をしたいと名前を聞いたが、男は「なんもなんも」と首を振って取り合わない。この辺りですか、と聞くと「んだ」と言う。

「早ぐけえれ、ぼげっとしてっとまだドブさ落ちっど」

男は笑った。

クラクションを鳴らすと、男は手をあげて応え、すぐに闇に溶け込んで見えなくなった。夜の十時を回っていた。和子に何か嫌みを言われそうだと思った。

しかし、あれは田植えの時期だったろうか、と後で考えた。水を引くのはまだ早い気がした。その時は気に留めなかった。流れる水路の音だけが耳に残った。

夕方、日の光を浴びてぬくい洗濯物を取り込むと、急に眠気に襲われた。祐治はつい横になって重ねた作業着に頭を乗せてしまう。ごわついた生地の作業着に顔を埋めると、洗剤の臭いに紛れて落としきれない汗と油の臭いがする。普段はわからないが、自分から強く発せられているはずの体臭を嗅ぎながら祐治は目を閉じて脱力した。

晴海は、祐治が右の脇だけ臭いがするとよく言った。右だけワキガだと、晴海が何かと祐治をからかう時の常套句だった。からかうくせに脇に顔を埋めて嗅ごうとするので、祐治はそのまま脇に晴海の顔を挟むと「いやだ、やめて」と大騒ぎして逃れようとした。

どんどん、と鈍い音が響く。

誰かが玄関を叩いている。祐治はあまりに心地よいまどろみに身を任せ、和子が応対するだろうと動かなかった。呼び鈴が鳴り、また戸を叩く振動が伝わってくる。

薄い膜に覆われて朦朧とする意識の中で、晴海が帰ってきたのだと思い、もうこれで啓太の心配はいらないと安心した。目をつむったままでも、晴海が部屋に入ってきて、隅に正座して外に顔を向ける様子が見えた。晴海は立ちあがるようにして消えた。夢幻とわかっていながら、そのまま部屋の隅を眺めていた。

玄関を叩く音がやむと、庭をいったりきたりする人の気配を縁側越しに感じる。祐治は目を開けた。カーテン越しに人の形がはっきり浮かぶ。人影は玄関のほうへ消え、再び呼び鈴が鳴る。どうやら現《うつつ》の客であるらしかった。

そういえばさっき和子は啓太を連れて買い物に出て不在だった。

やれやれと思いながら、荒々しく戸を叩く人物に祐治は「うい」と返事をして玄関へ出ると、野菜や果物を売りにくる富樫さんがイチゴのパックが四つ収まった箱を抱えて立っている。

いつもは午前中にやってくるので、祐治は「夕方に珍しいね」と言った。

「これ食べてけらい」

富樫さんがイチゴの箱を差し出す。

祐治が「今、財布を持ってくる」と中に戻りかけると、富樫さんは「違うの」と呼びとめる。「違くて、お金はいいの」

「だめだよ、商売なんだから」

「啓太君さ、食べさせて」

「なんで、払うよ」

「いらねでば」

ただでもらうわけにもいかずに「でもなあ」と祐治が頭を掻いていると、富樫さんは「いや、今朝ね、啓太君が俺なんかさ挨拶してけだから」と言う。

「だからってもらえないよ」

「いいのいいの、食べさせてあげて」

富樫さんは啓太に挨拶されたのがよっぽど嬉しかったのか、照れくさそうにいくつか欠けている歯を見せて笑い、イチゴの箱を押しつけて出ていった。

両手に買い物袋を携えて戻った啓太に「お前、野菜を売りにくるじいちゃんに挨拶したか」と聞き、啓太が首をかしげてしばし考えて「した」と答えると、祐治は「喜んでたぞ」と教えてやった。「イチゴ食うか」と祐治が聞くと「後で」と啓太は言い、夕飯ができるまでいつもするようにヘッドフォンをかぶって携帯式の音楽再生機で音楽を聴き始めた。

親父の孝は家族に対して寡黙で何を考えているかわからず、単身赴任で家にいない時間が多かったせいで、顔を合わせても何を話していいかわからなかった。孝が祐治に聞くのは「リモコンはどこだ」とか「和子はどこだ」とかそんなことだけで、祐治から話しかけるのは稀だった。

祐治は、自分が孝に感じていた隔たりを啓太も感じ、自分が孝を見ていた目で見られていると考えてしまう。

気のせいかもしれないが、啓太は、祐治が飯を食い始めると風呂へいき、一緒に居間にいる時はいつも音楽を聴いているか本を開いている。その態度はどこか、祐治に話しかける隙を与えまいとしているようだった。

啓太には自分の家でのびのびと好きなように振る舞い、言いたいことを言って欲しかった。かといって、祐治は仕事に駆けずり回っているせいで腹を割って話す暇を持てなかった。そんな後ろ暗さが自分の視線や態度に表れ、啓太に気を遣わせていると思った。時々窺うようにちらと祐治を見やる仕草から、啓太の内奥の戸惑いが伝わってきた。

啓太は自分のせいで子供でいられなかった、と祐治は思った。啓太は身の回りに否応なく起こる事態に飲み込まれることなく大人びた態度で祐治と和子に接してきた。祐治はそれに甘えた。

祐治が無心にスコップを地面に突き刺し、土をすくい、穴を埋めようとしているうちに、啓太は六年生になった。啓太を翻弄し、振り回してきたと祐治は思う。しかしどうすればよかったかとなると、頭が真っ白になる。

啓太にしてみれば激しい変化だった。母を失った後、知加子が母親として現れ、その知加子も逃げるように出ていったのだから。

三年前、三十七歳の祐治が知加子と再婚した時、晴海が亡くなって六年経っていた。再婚したその年に知加子が身ごもると、祐治の再婚に初めは心から賛成するふうではなかった和子でさえ喜んだ。

祐治は四十手前での知加子の出産を案じ、初めて子を持つ親のように慌てたが、知加子自身も啓太も泰然としていた。

何年かぶりで、強い寒波が到来した冬だった。祐治は啓太と一緒に、病院の待合ベンチで知加子が定期診察を終えるのを待っていた。年の瀬で路面は凍りつき、外は雪がちらついていた。

十八週目だった。

診察を終えた知加子から「薬で子宮の収縮を促進させるんだって」と言われ、続いて医師から説明を受けた。

病院から帰る途中、助手席の知加子は祐治が差し出した左手を握ってしゃくりあげるように泣いた。祐治は片手でハンドルを操作し、呆然とした。

外は吐く息が真っ白になるほどなのに啓太はアイスクリームを食べたいと言い出した。祐治は啓太のためというより、自分を落ち着かせるためにコンビニに寄った。祐治が啓太と一緒に降りようとすると知加子は引き留めた。しかし祐治は車から降りた。祐治は啓太に好きなのを買ってやった。

車に戻り、手を差し出したが、今度は知加子は握らなかった。祐治は知加子の肩と髪に触れて車を出した。平常心を保っているつもりでいたが、祐治はアクセルを強く踏んだようで、車は急発進して前を横切ったワゴン車に衝突しそうになった。ブレーキを踏み込むと同時に、後部座席の啓太が「あ」という声を出す。車内灯をつけて振り返ると、棒つきのチョコレートアイスが啓太の手からこぼれ、股の間に落ちていた。温度を高く設定したエアコンのせいで、アイスはみるみる溶け、啓太のズボンとシートをべったり汚した。

告知を受ける前から知加子は頻繁に腹の張りを訴えていた。二週間置きの通院で、早産の兆候を指摘されていた。胎児の心拍数が弱くなっている。生まれても生きられないかもしれない。

年の瀬のその日に、知加子は医師から胎児の成長がとまったとはっきり知らされた。

腹の子はこの世のとば口に立ったと同時に、光を見ることなしに呼吸をとめた。

医師と相談して無理に手術はせず、胎児が排出されるのを待つことになった。その後は陰々滅々とした日々が続いた。ある日、出血が始まり、胎児は排出された。

知加子はトイレにこもり、あらかじめ看護師に教えられたようにファスナーつきのプラスチックバッグに胎児を入れ、幾つにも重ねたビニール袋で包んだ。それから祐治は知加子を病院へ連れていった。

流産の後、知加子は腹痛に悩まされ、寒気がやまないようだった。毎晩、寒い寒いと震えた。なんでなんでと問う日々だった。痩せすぎだった、働きすぎだった、体を冷やしすぎた、ということを知加子は口にした。

「私って異常なの」

ある時、知加子は聞いた。

「そんなわけあるか、誰にでもあるって先生が言ってたろ」

祐治は言った。医師の言葉を繰り返しただけだった。誰にでも生じうる事態であるからこそ、知加子が「なぜ私が」と思うのを重々知りながら、祐治はそんな言葉をかけてしまった。

だが他になんて言える。祐治は思った。そして祐治は知加子が回復へ導いて欲しいのではなく、一緒に「なんでなんで」と問うことを求めているのも同時に感じていた。

やがて体力が戻り、職場に復帰すると知加子は失った時間を取り戻そうとするように猛烈に働いた。毎晩、八時か九時に帰ってきた。啓太は先に晩飯を済ませ、先に風呂に入り、祐治は知加子に合わせて遅い晩飯を食った。

飯を食いながら口論になった。知加子が体の不調を訴えると、祐治は早くよくなるようにゆっくり休めと言う。私が悪かったんだ、と知加子は流産のことを口にする。悪くない、と祐治が言うと、知加子は「じゃあ、赤ちゃんが悪かったの、違う、赤ちゃんが悪いわけないんだから、私が悪かったに決まってる」と泣き出す。

誰も悪くない、と祐治が手を回そうとすると知加子はそれを振り払い、無理に摑まえようとすると歯形が残るほど祐治の腕に嚙みついた。知加子はベッドの中で頭を抱えるようにして祐治に背を向けた。祐治が手を回そうとすると嚙みつく。知加子が苦しむのを近くで感じ、祐治は赤ん坊が味わったはずの息苦しさを推し量るように口を袖で覆ってうめいた。

葬儀はあげず、火葬の後、夫婦だけで水子供養を寺に頼んだ。赤子はほんのわずかな間、未熟な臓器を動かし、この世で確かに息づいた。

八時を回っても京介は出勤してこなかった。寝坊したのだろうと気長に待ったが、三十分経っても現れない。電話をすると呼び出し音は鳴るが、一向に出ない。京介が働きにきてから二ヶ月が経っていた。

現場に向かう途中、京介のアパートに寄った。少し前に、祐治が知加子と啓太と平屋を借りて住んだ亘理駅付近だった。周りの風景を見ると、その時の生活が鮮明に思い出される。

夜に向かい合って食事をしている間、知加子は以前ほど仕事の愚痴をこぼさなくなった。といって祐治のほうでも根掘り葉掘り聞くでもない。無口な知加子の態度に、隔たりよりも、拒絶を感じた。水子供養をして半年後、知加子は突然出ていった。

祐治が働き、啓太が学校へいっている間に知加子の私物は運び出され、元々家具の少なかった平屋はがらんとしてわびしく見えた。

知加子とは連絡が取れなかった。仙台の知加子の実家に電話をすると、本人から居場所は言わないように言われていると、恐縮しているがあくまでも娘の味方だという態度で告げられた。

後ほど封書で離婚届が届き、離婚協議以外の話し合いには一切応じられないという旨の一筆箋が添えられていた。しつこく電話をすると知加子は出たが、事務的でない話題を少しでも持ち出すと通話は打ち切られた。日常会話も許されず、とりつく島もなかった。

知加子の沈黙は言葉の足りなかった祐治への復讐であるようだった。もはや嚙みつくこともせず、ただ黙って知加子は消え、祐治は暗黒に放られたような気分だった。お互いに感じてきた憎悪も嫉妬も労《いたわ》りも心配も根こそぎかき消えた。がっくり膝をついて脱力したまま、立つことをもままならないという状態だった。

人の心がどうだったか、祐治は忘れそうになった。取り戻そうとしても、更地になった町が戻らないのと同じで、正しい感情の動きが戻らない。知加子がいなくなってもそのまま平屋で暮らしていたが、啓太が和子がいる実家がいいと言うので、祐治と啓太はまた逢隈に戻った。

呼び鈴を何度か押した後、京介が出てきた。寝間着にしているらしい襟元の伸びきったスウェットの上下を着て、ぼさぼさ頭に無精髭。酒の臭いがぷんと鼻をつく。

ひとり暮らしと聞いたが、部屋の奥で物音がする。玄関には女物の白のスニーカーが一足散らかっていた。

ひとりか、と聞くと京介は「いえ、ちょっと友達が」と言う。

「酔ってんのか」

「いえ」

京介は鼻をこすって下を向く。

「昼までにこられるか」

京介は頭を下げながら上目遣いに祐治を見る。

六号線沿いの蕎麦屋で熱い蕎麦をすすりながら、先ほどの京介の様子を思い出して不安になった。建築会社に連絡を入れて、竣工日をずらせないか相談しておいたほうがよさそうだ。本来なら午前中に京介と二人で当たる予定だったが、午後に予定を変更していた。電話すると、建築会社の社長は怒りだした。先日の雨で工期が遅れた上、さらに今日の不始末である。夜に説明にこい、と社長は言って電話を切った。

午後、逢隈の事務所で待っていても一向に京介は現れない。祐治はしびれを切らして電話をかけた。応答がなく、何度かかけた後、折り返しの電話がきた。

祐治は謝罪にいくからちゃんとした格好でこい、と伝え、自分も冠婚葬祭の全部をそれだけで済ませている黒のスーツに着替えた。黒とダークグレーのネクタイがあったが、どちらにもカビが生えている。着るのは啓太の入学式以来だろうか、と祐治は考えたが、いや、と思い直した。水子供養の時に着た。仕方なくカビの目立たないダークグレーのネクタイを引っ張りだして濡れ雑巾でごしごし拭いて締めた。

和子に「葬式みたいだね」と言われたのを気にして、祐治は急いでバイパス沿いのスーツ量販店で紺のネクタイを買ってきて、ダークグレーのほうを捨てた。新しい紺のネクタイは生地が厚く、四苦八苦してできあがった結び目はおにぎりみたいに盛りあがった。

午後四時頃、事務仕事をしていると携帯電話が振動した。京介だと思って出ると、注文していた砂利が届いたというホームセンターからの連絡だった。軽トラックで百キロの砂利を取りにいき、ついでに買い物をして戻ると社長と約束した六時まで三十分しかない。これ以上京介を待っても埒があかないと思い、祐治は支度をして玄関を出た。謝罪にあがるというのに遅刻してしまう。

祐治は軽トラックの荷台の黒い傷を指でなぞった。ざらざらして指が汚れた。京介が車庫入れの際に擦ったのだ。ため息をついて祐治は軽トラックのエンジンをかけて、出発するだけという状態でぎりぎりまで京介を待った。

京介は自転車を必死に漕いでやってきた。

ちゃんとした格好でこいと伝えたにもかかわらず、ジャージ姿の京介を見て、祐治は「ばかが」とつぶやく。

京介は息を切らして謝る。

「ふらふらしてるぞ、酒、抜けたか」

「はい」

「何時だと思ってんだよ、お前、あの後また飲んだんじゃねえだろうな」

「すみません、もっと早くこようと思ったんですけど」

「すみませんじゃねえよ、社長、怒ってるよ」

京介が「すみません」と泣きそうになっているので、祐治は「とにかく頭下げるしかねえだろ、それでだめならその時考えるからよ」と言った。

京介は自転車をブロック塀に立てかけると「ちょっと飲み物買ってきていいすか」と聞いた。

祐治は「早く乗れ、このばか」と怒鳴った。

電話で話した時と打って変わって、施工主の社長は案外冷静で「別に急がないよ」と言い、近くでPCのキーを叩いていた若い男に茶を淹れさせた。

「ごめんごめん、さっきは電話で怒っちゃって、祐治君が今日できるって言うからさ」

社長は笑った。

祐治は京介と揃って頭を下げた。

「二人だけでやってるんだからしょうがないよ」

社長は言って茶を勧め、六郎の近況を祐治に聞いた。六郎は現役の時に社長と取引があり、造園業者が必要になったらと祐治を紹介していた。

「六郎さんも苦労人だけど、息子の明夫君も病気で大変みたいね、祐治君同級生でしょ」

社長は言った。

祐治は神妙に頷きつつ、社長が明夫の病気について何か聞いて知っているなら根掘り葉掘り質問したかったが、自重した。社長は若い時の苦労話を始めた。

帰り道で、祐治は「お前、なんでジャージなんだよ」と聞いた。

「スーツとか持ってなくて」

祐治は京介を見た。平然としている。ため息が出た。

面と向かって仕事を教えている時、叱っている時、京介は真剣に聞いているふうなのに、自分の言葉が全く相手に届いていないという感覚を祐治は持った。だが、重労働に不平をこぼさない姿勢だけで祐治は京介を信じた。

二人で建築会社の社長に詫びを入れてから一週間、京介は朝早く出勤してきて現場では打ち込むように働いた。酒臭い息を纏いながら、遅刻してきた人間とは別人だった。京介との関係をやり直せそうな気がしたが、地道に働こうとする京介の態度は長く続かなかった。

ある朝、京介が出勤してこなかった。連絡もない。祐治は見切りをつけてひとりで現場へ出た。京介が働きにくるまでひとりで切り盛りしていたというのに、木を一本植えるのにも苦労した。いつひとりに戻っても十分やっていけると自負していたのに、知らず知らず京介の細く白い腕にいくらかでも頼っていたと思うと情けなかった。

その夜、祐治は腰や背中に疲労を抱えて眠った。

翌日、京介は早くきて家の前で待っていて、嘘か本当か、具合が悪くて家で寝ていたが、携帯電話をなくして連絡をとれなかった、と話す。

筋肉が張り、疲労の色濃く残った体で、かつて野本にされたように京介を張り倒しても仕方がないと祐治は思った。自分がすっかり年を取った気がして、力が抜けた。

京介は二度と無断欠勤をしないと誓って詫びたが、幾日か経って、またやった。アパートにいってドアを叩き続けると泥酔した京介が出てきて手をついて謝った。明日こい、と祐治は言った。ただくればいいってもんじゃねえぞ、顔洗ってこいよ、と釘を刺した。

京介はこなかった。

職安に求人を出して、三人と面接をした。皆一様に力仕事の経験があり、造園業に興味がある、と語った。三人とも採用されてもされなくてもどちらでもいいという雰囲気があった。経験はいらないし、興味などなくてよかった。

祐治は当面ひとりでやっていくことにした。

白い要塞のように聳え、海から人を守っているのでなく、人から海を守っているように見える防潮堤に向かって祐治は歩いた。近づくほど、視界は遮られて海は遠い。封じ込められたような圧迫があった。潮風が顔に当たった。日暮れが近かった。

雑草に覆われ、縹渺《ひょうびょう》とした地平がどこまでも広がる。祐治は躓いて下を向いた。住宅基礎の名残が青々としたオオバコやアザミの葉に埋まってしぶとく残っていた。重機で地面を均したとしても、動かしがたいものであるかのように深く根ざしている。まるで太古からここにあり、地下に埋まる巨大な人工物の一部がひょっこり露出しているような佇まいがある。

遺跡じみたコンクリートの基礎は誰の目にもつかずに草に隠れるが、冬になれば草は枯れ、赤茶けた土の上に剝き出しになる。春になれば草が芽吹く。土の上を季節だけが淡々と巡った。

用途のないこの場所に植物の興亡だけがあった。住宅は建たない。畑にしては海に近すぎる。人の手で均一にされた風景であるのに人を寄せつけない。忘れられた空間を海からの冷たい風だけが吹き抜ける。

祐治は微風にそよぐスミレの青い花を見つけてしゃがみ、茎のコシを確かめるように指で触った。花びらが暮れかかった日の下でも鮮やかだった。羽虫が顔をかすめて飛んだ。ふと空を仰ぐと、同じ羽虫が密集して渦巻いていた。

祐治は防潮堤の階段をのぼって浜を見渡した。

以前は住宅地を抜けるとすぐ海が目の前に開けた。人の暮らしと海が近かった。海と陸を隔てていたのは、要塞のような防潮堤ではなく、幾分心許ない「土手」という程度の道路だった。あの道路がどの辺りを通っていたか、祐治には見当もつかない。

浜辺の堤防付近に漁具を保管していた木造の小屋があった記憶がある。その横には乾きって、フジツボや海藻が染みになってこびりついた廃船が横たわっていた。子供の頃に廃船を海賊船と見立てて、河原木や明夫と遊んだことがあった。木材片のナイフでじゃれ合ううちに、武器を放ってつかみ合いのケンカになった。

浜で揺らいでいる炎に祐治は近づいた。

いつもの老人が棒で一斗缶をかき回す。火の粉が舞った。火の中に、あらかた消え去った町が現れた。

十字路の一角に花屋があった。彼岸の時期には供花がぎっしり詰まった水色のバケツが歩道にせり出して並び、人だかりができた。赤や黄色の花びらが浄土に咲く花のようにどぎついまでにくっきりと道ばたに際立った。

汽水湖である鳥の海のほうへ歩けば、八百屋や魚屋、店頭に雑誌を並べた雑貨屋もあった。憶えている。祐治はもう少しで通りを再現できそうだった。その先には民家が続いていた。しかしいったいどんな。何色の屋根で、何色の壁で、どのくらいの大きさだったか。庭はあったか、生垣だったか、ブロック塀だったか。そしてどんな人たちが住んでいただろう。

ここは子供の頃親しんだ荒浜の海ではなかった。

鬱蒼として、夜になると海風に煽られて不気味にざわめくクロマツの林はもうない。寄せては引く波の音を聞いていると飲まれそうだ。果てのない空間に投げ出されるような、底知れない海の深淵に引きずり込まれるような恐怖があった。怪物が闇からこちらを見ていて人を攫おうと手ぐすねを引いている気がした。この世にはまだ見ぬ、計り知れぬ災厄が順番を待っている不吉な予感があった。

海と陸の間で生き残った俺は幸運か。祐治は死んだ者らに取り囲まれる瞬間があった。責めるでもない、追い立てるわけでもない。死者が手に手を取り合って自分を見ているようで、呼吸もままならない。眠れぬ夜、それから薄暗い夜明けに亡霊は忍び込んできた。祐治はその冷たい気配をありありと感じた。

波は祐治を追いかけてきた。建物に逃げ込んで助かったが、黄泉から伸びてきた手に、一度は足首を摑まれた気がした。感じたことのない、氷よりも冷たい感触だった。

一斗缶の炎が呼吸をするようにぼうっと勢いを増し、また静まる。老人が棒を動かす。火の粉が赤い蛍のように暗闇に軌跡を描いて閃《ひらめ》く。火が顔に近かった。

短い人の一生で地面が破壊的に揺れて海が膨張する天変地異を目の当たりにした。それなら今足をつけている地面がひっくり返るという事態はなんと頻繁に起こるのだと祐治は思った。

海は必ずまた膨張する。百年後か、千年後か、明日か。人の想像の及ばない、途方もない周期で海は押し寄せてくるはずだった。

滑らかな白いコンクリートがどこまでも続く。道路ができ、防潮堤が聳え、土地は整備された。日がな一日風が吹きすさび、ひとつとして特徴を見出せない浜を見渡すと、ここがどこだかわからなくなる。実際、どこでもなかった。荒浜でも吉田でも鳥の海でもない。

ここがここであるという証拠を剝ぎ取られた、ただの海辺だった。

庭の消毒を済ますと、六郎は昼を食っていけと言う。

冷たい蕎麦をすすりながら、何気ない会話をするつもりで「明夫の調子はどうですか」と聞くと、六郎は「うん」と唸り、「なんだが悪いみてえだ」と胸の辺りに手を添えた。

「肺ですか」

「肺から転移してるかもわがんね」

六郎はキリスト信者が十字架を切るように両方の胸に手を当て、「肝臓、腎臓」と腹部に手を下ろして祐治の目を見ながら顔をしかめた。

言葉もなかった。

とことんついてねえんだ、と六郎は言った。

「いつわかったの」

祐治はやっと言った。

「健康診断、群馬の工場で」

「そう」

「んだげど、放って置いたみてえなんだな、最近やたら息を切らしてる」

人が生きている以上、怪我をする、病気をする。当たり前のことだった。しかし、なぜ明夫が、という考えても仕方のないことを考えてしまう。

祐治は「治るの」と聞いた。

六郎は「どうだが」と首をかしげ、「あんまり話さねえがらな、仙台の病院で改めて検査して通院しながら治療するようだ」と言った。「あいつ、群馬の工場辞めたって言ってたけど、本当は逃げ出してきたみてえだ」

そうだったの、という祐治に六郎は頷いた。

逃げるのは自分も得意だと祐治は思った。高校時代、真夏の合宿がきつくて祐治は校舎の裏山へ逃げ込んだ。

山狩りの様相で部員と監督が探しにくるのを茂みに隠れてじっとしてやり過ごした。皆が諦めて引きあげていくと急激に腹が減り、学校帰りによく寄るたばこ屋に入った。パンを摑んで走ろうかと考えていると、ばあさんが「いらっしゃい」と出てきた。祐治が黙って出ていこうとすると、残っていたパンと牛乳を袋に詰めてくれた。祐治は礼も言わないで頭を下げ、逃げ出すように山へ戻った。思い出す度にまるで猿だと恥ずかしくなった。

嫌な仕事だったら逃げればいいが、自分の体となるとそうもいかない。具合悪いのかと聞いた時の明夫の何でもないようなそぶりと六郎の「とことんついてねえ」という言葉が頭に残った。

六郎の家を出て、祐治は仙台での打ち合わせに向かった。鳥の海パーキングエリアから常磐自動車道に乗ろうというところで電話が鳴った。

六年生になって新しく啓太のクラスの担任になった女性教員からだった。啓太が鉄棒から落ちて、頭を怪我したと聞いて、祐治はUターンしてアクセルを踏み込んだ。教員に言われたとおり、家から保険証を取って病院に急ぐ。

気が急いて、途中、交差点を右折する時に自転車の女性を危うくはねそうになり、そのすぐ後でT字路の正面にある餅屋に突っ込みそうになった。際どい運転で病院へたどり着いたが、駐車場が満車で、空きを待つ車が並んでいる。

祐治はロータリーから正面入り口前に車を回し、客待ちをしているタクシーに割り込んで横づけした。

自動ドアが開いて中へ駆け込んだ時、ベージュのカーディガンを着た女性と肩が触れたが、かまわず受付を目指した。

だが案内を請うまでもなく、中央通路の真ん中で車椅子に座って首にコルセットを巻いた啓太の姿があった。歩けないほどの大けがかと思って呼吸がとまりかけたが、笑い声が聞こえ、深刻でない様子に安心した。病院へ連れてきてくれたらしい女性教員と男の子がこちらに手を振る。

ふと祐治はたった今入り口でぶつかった女性に思い当たり、引き返したが、姿は見えなかった。病院にきていたのだから病人かけが人か妊婦だったかもしれなかった。

啓太のいるところまでいくと、祐治は車椅子の肘かけを両手で摑み、顔を近づけて「大丈夫か」と聞いた。

啓太は大丈夫だと答え、確かめるように女性教員の顔を仰ぐと、教員は笑顔で頷いた。横にいるのはよく啓太が名前を口にするT君だった。

祐治が教員に詫び、礼を言っているうちに啓太はひょいと立ちあがり、T君につき添われて車椅子を返却しにいった。

祐治と教員は子供らを目で追う。病院に到着した時、啓太が首から肩にかけて痛みを訴えるので大事を取って看護師が車椅子を用意してくれたと教員は話した。つい先ほど診察を終え、後は祐治が保険証を持ってきて会計をするのを待っていたのだ。

放課後、啓太とT君は校庭の隅でいつものように鉄棒の練習をしていた。地獄回りという技が二人とも得意だった。鉄棒に腰かけた状態からしっかりと鉄棒を握って後ろに倒れ、ひっかけた膝の裏を支点にして一回転する。とまらずにくるくると回転できるほどの腕前の二人は新しい技を考案した。

まず手を頭上に伸ばしてやっと届く高さの鉄棒に懸垂してあがり、腰かける。手は鉄棒から放して、引っかけた膝の裏だけを支点に後ろ向きに一回転し、足も放して地面に着地する。二人とも簡単に成功した。

教員の説明を補足するように、啓太とT君は技について横から陽気に口を挟んだが、祐治は聞いているだけで戦慄した。

その場で新技を「地獄巡り」と名づけ、次は二人並んで同時に技を決めようということになった。呼吸はぴたりと合って二度成功した。三度目に啓太がタイミングを逸した。一秒遅れた啓太は慌てて体を後ろに倒したが、鉄棒に固定していなければいけない膝の力が緩んだ。啓太はそのまま後ろ向きに地面に落下した。

打ったのは首の後ろから右肩甲骨にかけてだった。一番高い鉄棒である。頭か、首か、一点のみで衝撃を受けたら危なかった。骨に異常はなく、打撲で済み、痛み止めを処方された。湿布を貼って安静にし、一週間後にまたくるように医師に言われたそうだ。安堵しながらも最悪の知らせがあり得たと考え、一瞬目の前が真っ暗になった。

首の骨が折れたかと思った、と啓太はT君に言って笑った。

祐治はつい「ばかやろう」と大きな声を出してしまった。

啓太とT君はふざけるのをやめて黙った。

祐治は取り繕うように教員に改めて礼を言うと、ロビーの待合ベンチに静かに腰を下ろした。祐治がうつむいたまま肩をふるわせているのを見て、教員は気を遣うように「じゃあ、学校に戻りますので」とT君を抱き込むようにして「さ、帰るよ」と言う。教員とT君は手を振りながら引きあげていった。

コルセットを首に巻いて突っ立っている啓太に、祐治はジュースを二つ買ってこいと小銭を渡して気持ちを落ち着かせようとした。だが頭が混乱して涙がとまらなくなった。もし頭を打っていたらと悪い想像をしては、またすぐ無事だったと安堵する。

伏せた頭の後ろに温度を感じた。啓太が手を置いていた。晴海と同じで柔らかい大人の手だった。

午前五時の岸壁は寒さがこたえた。手がかじかみ、足の先が冷える。

ヒラメを狙う仕かけは単純だった。天秤と呼ばれる二股の針金の、短いほうに重りを、長いほうに糸と針を結んで餌のアオイソメをつける。

つまみあげたアオイソメが、内部に襞《ひだ》となって折りたたまれている歯を剝き出して嚙みつこうとする。昔は平気だったのに、ぶよぶよした感触もくねくね動く姿態も気色悪かった。広がった口に引っかけた釣り針を、魚から見えないように餌の体内を通して隠す。アオイソメが暴れてうまく針につけられず、祐治は苛立って二、三匹海に放った。

竿を振って仕かけを飛ばし、海底を引きずるようにリールを巻いて魚を誘う。竿を地面に置き、アルミニウムの折りたたみ椅子に座る。河原木の同僚が一メートル近いヒラメをあげたというのを聞いて色めき立ち、釣り具をこしらえたが、祐治には啓太も一緒にやるかも知れないという目論見があった。

釣りなど、最後にやったのはいつだろう。魚が食いついた時のぐぐぐという引きを手が憶えている。祐治は国道六号線沿いの釣具店でワゴンに無造作に積まれた特売品の竿とリールのセットで間に合わせ、餌も買っておいた。週末で学校も休みだから、前日に啓太を誘ったが、寒いからとあっさり断られた。

ぴちゃっと音がした。

釣り始めてすぐにあげた掌ほどのカレイがバケツの中で跳ねている。晩飯のおかずにもならない小さなカレイだったが、釣りあげると目的を果たしたような気になった。後は釣れなくたってかまわない。二匹と三匹では変わらないが、ゼロと一匹では大違いだ。

啓太に誘いを断られた時点で、河原木の同僚のように大物を釣ろうという意気込みは消えた。ただ明け方の海を眺めたかった。真っ暗な海を前にしてただぼうっとしていると、まるで行き詰まって飛び込む勇気を奮い起こそうとしている人間じみているので釣り人の格好をとっただけだ。

だいたい大物のヒラメを狙う連中は岸壁でなく浜から沖に投げる。スズキなら阿武隈川河口だ。鳥の海の付近ではカレイかハゼなんかがちょっと釣れるだけだった。浜も河口も、トイレを完備している荒浜漁港公園も釣り人が多く、祐治は彼らと竿を並べるのが億劫だった。

祐治が憶えている昔の海辺の景色と比べて釣り人が増えた。夜明け前であれだけの人だ。夕方になると家族連れも加わる。海が膨張してから海底が一変して消えた魚もあるが、ヒラメやワタリガニやナマコが増えたとも聞く。

祐治は人を避けて、糸を垂らした。

期待せず、無欲でいれば大物が食いついてくるかといえばそうでもなく、カレイ一匹あげたきりだった。ぴくぴくと先が動き、竿をあげてみるが、合わせ方が悪く反応が消える。祐治はリールを緩慢に巻き、食いちぎられて残ったアオイソメを捨て、新しくつけ替える。

するとすぐに当たりがくるが、引き寄せているうちにふっと軽くなり、魚が外れたのがわかる。仕かけをあげると、餌がなくなっていて、またつけ替える。そんなことを繰り返した。

向こうに荒浜港の明かりが浮かび、沖には闇が横たわっている。

祐治は沖を見つめた。心が騒いだ。海が不気味に盛りあがる。少しの風の揺らぎで、緊張した海面があふれてきそうだった。

午前五時半を過ぎて、缶の底に残ったコーヒーを一息に飲むと、途端に尿意を催した。トイレなどなく、海側は視界が開けていて、釣り人はいったいどこで用を足しているのかと考えた。よく考えてみればそもそも岸壁で漁業権も持たずに魚を釣る人らにわざわざトイレが用意されているはずはない。

海に向かってすれば済むが、随分離れているとはいえ、右方向に竿を傾けている釣り人の影が見える。

少しの間我慢していたが、いよいよ限界がきて祐治は立ち、暗い岸壁に沿って釣り人の影と逆の方向へ歩いた。

海辺の松林はごっそり消失していたが、均されて放置されている土地にはオオアレチノギクやセイタカアワダチソウが生い茂って見通しが悪い。伸び放題の植物群があちこちでこんもりと盛りあがって更地を覆っていた。祐治は茎の太い、木のように丈夫な雑草をかき分けて茂みに入り、長い放尿をした。

海からの風で草がざわざわ騒ぐ。

ふと人の声が聞こえた。

自分の他に草むらで小便をする釣り人がいるのかと思ったが、違う。祐治が立つ場所よりもっと深い茂みから声は聞こえる。ほんのりと明かりがかいま見えた。声だけじゃない。がたがたと硬いもの同士がぶつかる音がする。

祐治は小便のかかった手をこすり合わせ、草むらを迂回して音の正体を明らかにしようとしたが、その連中を見てすぐに身を隠した。

男が二人、エンジンを切り、車内灯の灯ったハイエースにブルーのコンテナを積み込んでいる。二本の釣り竿が並べて車に立てかけてあり、足下にはクーラーボックスが転がっている。当然釣り人のように見えるが、釣り糸はぷっつりと途中から切れ、投げ釣りの竿はその辺に捨ててあったのをたった今拾いあげたかのようにボロボロだった。二人とも潜水スーツを着ていて、コンテナの後に積み込んだのは酸素ボンベやゴーグルなどの潜水具だった。

コンテナの中身ははっきり見えなかったが、黒くぬめぬめしていた。海産物だろう。牡蠣《かき》でもアワビでも赤貝でもない。ナマコか。暗闇の中、人目を避けてそんなものを車に積み込むのは密漁でしかあり得なかった。密漁だとすれば、連中は暴力団かそれに関係の深い人間であり、姿を見られるのはまずかった。

ハッチを閉めた大柄の男が一仕事終えて一息つくという感じでたばこに火をつけると、背の小さいごつい男が「さっさと乗れ」と怒気を孕《はら》んだ声を絞った。

一喝されたほうは、不機嫌ではあるが言い返せないようで、たばこをくわえたまま助手席のドアを開けた。明かりで横顔が見えた。明夫だった。

狭い町だと思った。何をしても誰かが見ている。祐治はおかしい気分になって危うく笑い声を漏らすところだった。だがすぐ後から怒りが湧いた。病気の体で暗い海に潜っていったい何してる。祐治はハイエースが走り去るまで音を立てないでじっとしていた。

夜明けが近かった。元の場所に戻って放って置いた仕かけにカレイでもかかっているかとリールを巻いたが、魚にちぎられて残ったアオイソメが三センチほど針にぶら下がっていた。

釣りにいってから三日経った。

昼、亘理駅の近くにある中華料理屋に入ると、隅で新聞を読む河原木に出くわした。テーブルにはスープを飲み干したどんぶりが残っている。祐治が向かいに座ると、河原木は新聞を置いて「どうだ、釣れたか」と聞いた。

「釣れたよ」

祐治は答えた。

「その顔じゃ釣れなかったな」

河原木は体勢を斜めにして目だけを祐治に向ける。

「釣れたっつうの」

「ほう、爆釣か」

一四、と祐治が言うと、河原木は口を開けて笑ったのでくわえていた爪楊枝がぽろりと落ちた。
「よほど大物だったんだろうな」

河原木の顔にはまだ笑いが残っている。

「掌に収まるようなカレイだ」

「場所が悪かったんだべ」

あまりばかにしたように笑ったのを悪いと思ったのか、河原木は真面目な顔を取り繕って言う。

近くのテーブルで大声で話していた三人組が出ていき、店のおやじが「ありがとうございますう」と語尾を伸ばして言い、奥さんも「ありがとうございますう」と調子を合わせた。その声に聞き覚えがあった。

祐治がラーメンを注文すると、おやじは「わかりましたあ」とやはり語尾をあげる。

ラミネート加工されたメニューを見ていると、河原木が察したように「前は港のほうにあった店だよ」と言った。

店名を見て「ああ」と思い当たった。

荒浜から、亘理駅に向かう道路の途中にあり、一番大事な商売道具の二トントラックを乗り捨てた場所だった。阿武隈川河口近くの神社で地響きを聞き、祐治は住宅を抜け、避難する車の渋滞にはまったのだった。

海のほうで砂煙が見渡す限り横一線に立って風になびいていた。祐治はでたらめにハンドルを切って中華料理屋の駐車場に頭から突っ込むようにトラックを入れた。

いつの間にか河原木の器は片付けられていて、目の前には湯気の立つラーメンが置かれていた。隣のテーブルにはさっきまでいなかった中年の夫婦が座ってメニューに指を当てている。

どうした食わないのか、と河原木は言った。

祐治は割り箸を割り、レンゲでスープをすすった。油っぽい化学調味料のうまみが口の中を満たした。

逃げ込んだのは自動車部品メーカーの工場で、屋上から道路の車列が見えた。

平坦な土地だった。

きたど、きたど、という男の声がした。低い轟《とどろ》きを伴って、海、そのものが迫った。地面を塗り替えるように黒々とした渦が広がり、区画の隙間を縦横に埋め尽くした。家々が軋み、砕け、沈み、あるいはずれ動いた。

工員や近所の住民や車を乗り捨てて避難した人らは呆然と下を見ていた。「逃げて」と叫ぶもの、「おらいの家もだめだわ」と呟くもの、口を開けたまま絶句するもの。誰もが話すというのでなくて、意識にのぼった思念が口をついて漏れでているという具合だった。

祐治は咀嚼をやめていた。ラーメンの味がしない。

祐治は河原木の顔を凝視した。

どうした、と河原木は聞いた。

なんでもない、と祐治は言った。

今、俺は息をしている。祐治は思った。避難する車列のずっと後ろにいた人について、祐治は今まで一度だって考えなかったと思い当たった。

火のついた家が流れていく。灯油のような臭いと焦げた臭いが漂う。圧迫に耐えられず、家屋の柱がへし折られ、埃と煙が舞う。空気が淀み、息が詰まる。ガスボンベが爆発したのか、くぐもった破裂音が響く。距離感がなかった。海が近いのか遠いのかわからなかった。

対面の倉庫の洞窟のように開いた黒い搬入口から銀色の業務用冷蔵庫が絡め取られるように軽々と浮かんで流出していた。すぐ横で、薄緑色の作業服を着た年のいった工員が立っているのがやっとだというように若い工員の肩に摑まった。避難者は暗闇の工場の一室で凍てつく夜を越した。

「俺が教えてやろうか」

河原木が聞いた。

「え、何」

「釣りだよ」

「ああ、別に釣れなくてもいい」

「ヒラメを釣るんだろ、朝方じゃなくて夜中から始めてな」

「一時間か二時間、糸を垂らすだけでいいんだ」

「垂らす、だめだそれじゃ、浜から投げないと」

「いいんだ、お前と違って忙しいしな」

祐治が言うと、河原木は笑った。

「そういや」と祐治は言った。「小便をしようと思ったら変なのを見てな」

「変なの」

「ああ、ナマコかなんかをハイエースに積み込んでた」

「どこで」

河原木は顔を曇らせた。

「鳥の海のな、港と逆のほう、草がぼうぼうのところ」

「見られたか」

「隠れたよ」

「そうか、関わるなよ」

「どういう人間だ」

「密漁だべな、石巻じゃアワビをシノギにしている連中がいるからな、一回潜ってウン十万というぞ」

「ナマコが金になるのか」

「わからん、この辺じゃ聞かなかったけどな、違法に潜るやつらはゴムボートで沖に出て捕った海産物をどこか海沿いに隠すんだ、それにしても冷たい海によく潜るな」

そう言った後で、河原木はふと顔をあげて「でもそれがどうした」と怪訝そうに聞く。

「いや、ちょっと知り合いに似ててな」

「顔見たのか」

「いや、はっきりは」

言い淀む祐治がまだ何か言うのを待つように河原木は黙っていたが、やがて「ほっとけよ」と言った。

明夫だったと言いたかったが、見間違いとも思った。六郎さんの家で俺は明夫の顔がわからなかったんだ、勘違いだろう。

祐治は実家の庭に立ち、ため息をついた。カビや害虫を防ぐのに消毒でもしようかと思ったが、枝が伸び放題で絡まり合い、鬱蒼として地面が見えない。植木のない場所は雑草が密集していた。

朝方、便器の中の水にゲジゲジが沈んでいた。風呂場や廊下にゲジゲジやゾウリムシが蔓延るのを和子は嫌がり、庭がジャングルになっているせいだと前から不満を漏らしていた。いくら田舎だからと言っても、寝床を虫が這うのは祐治も嫌だった。

シジュウカラの鳴く六郎の庭と違い、祐治の庭のブロック塀には鳥がただ羽を休めてカアと鳴いて飛び去るだけだった。

初めに草を刈った。

ツバキに絡まった蔦を竹割鉈《たけわりなた》でぶった切り、剪定には時期が早いがカエデや梅やツツジの忌み枝を切り落とし、庭に落ちた枝を枯れ木や枯れ草と一緒に熊手で掻いた。

昼だよわ、と縁側から和子に声をかけられてはっとした。仕事の打ち合わせが入っていてこんなことをしている場合ではなかった。

縁側から家にあがり、手甲《てっこう》、脚絆《きゃはん》、腹かけを外し、ニッカボッカを脱いで鯉口《こいくち》シャツとパンツという格好で庭を見た。午前を潰して掃除したのに大して代わり映えしなかったが、庭に風が通った気がした。

通路に砂を敷いて石を敷こうか。

二十万はかかるな、と祐治は算段をつけた。

おにぎりとカップラーメンを急いで食い、シンプルな作業着の上下に着替え、ホンダに乗って仙台へ向かった。

午後三時過ぎに住宅施工会社との打ち合わせを終えると、その足で祐治は商店街アーケードを通って百貨店に向かった。

インフォメーションカウンターの女性は近づいていくうちもう祐治に気づいて内線を取りあげた。女性がくっと視線をあげるのを見て、祐治は頭に巻いたタオルを取った。

「すみません」

声をかけたが、受付の女性は冷酷に「そちらでお待ちください」と白い手袋をした手で、消火器なんかが置いてある隅を示して告げると、もう用件は済んだというように顔を伏せて事務の仕事を続けた。

程なく上役がやってきて、女と同じように祐治の手にあるタオルが不潔であるように目をやり、こちらへ、と案内する。脇にどかされていた祐治はさらに人目を避けてエレベーター前まで移動させられた。

今日は知加子さんは不在でして、と上役は言った。

知ってるよ、と祐治は言った。いつも不在だから議論しても仕方がない。

「坂井様、恐れ入りますが、彼女はようやく気持ちの整理もついて仕事に専念しているところでございます、どうかそっとしてあげてはいかがでしょうか」

上役は手を揉み、まるで家庭内暴力加害者を相手にしているかのように距離を保つ。

「わかったよ」

「恐れ入ります」

「知加子は俺のこと何て言ってる」

祐治は聞いた。

いいえ、特に、と上役は目を泳がせた。

「伝言を頼みたいんだけど」

祐治がそう言うと、上役は「それについては、何と申しましょうか」と首をかしげ、祐治の腹の辺りに目を落とす。「大変恐れ入りますが、いたしかねるのです、彼女がまた混乱してしまうということがあり得ますし、それが原因で働けなくなってしまう、もしそうなった場合当社としましても誠に大きな損害を被りかねない、こういう事情でございまして」

「できないってこと」

「はい」

「ひとことだけ」

「申し訳ありませんがいたしかねます」

「そうか」

「はい」

「絶対だめか」

「はい」

祐治が懐をまさぐると、上役は警戒して一歩下がる。

「これ渡してくれるか」

祐治は手紙を差し出した。昨日の夜に書いた。

「あの、その、彼女は不在でして」

「それは聞いたよ」

「何も預からないように言われておりまして」

「頼むよ」

「お預かりできません」

勇気を振り絞るように上役は断言した。

祐治は思わず失笑し、手紙を懐にしまった。それから踏ん切りがついたというように両手で自分の頬をぱんぱんと叩いた。

驚いた上役は腕で防御するように顔を覆って、後じさりし、踵《かかと》をひっかけて尻餅をついた。

大丈夫かよ、と祐治が手を差し出すと、上役は身を引いて立ちあがり、バックヤードへ引っ込んだ。

喫茶店の入り口に一番近い席で、あんパンをかじりながら祐治は商店街アーケードを歩く人を眺めた。額に汗がにじみ、作業着のチャックを降ろした。中は長く着込んでくたくたになっている鯉口シャツだったので、上着は脱がなかった。

知加子が出ていった夜、台所の食器が全て新聞紙で包まれていた。初め、知加子が食器類を持ち出そうとして諦め、そのまま放置したのだろうと思った。新聞紙を広げてみると食器は粉々に砕けていた。

マグカップから刺身皿に至るまで全て割れていた。その中には祐治と啓太が朝晩使っている茶碗や湯飲みやお気に入りのマグカップも含まれていて破片と化していた。

すっきりと片付けられたテーブルには車庫の工具箱から持ち出された金槌が知加子の汲み取りがたい伝言のように残っていた。

ある夜、ベッドの中で、仕事に復帰して遅くまで働く知加子に祐治は「あまり無理するとよくならねえぞ」と声をかけた。腹の子を失って数ヶ月経っていたが、知加子が朝夕にぐったりとうなだれて辛そうにしている時があった。頭痛やめまいの症状を念頭に祐治は言ったのだった。

するとと知加子は「よくならないって何よ、どこも悪くないよ、私が悪かったって、そう言いたいの」と急に興奮しだした。

「誰がそんなこと言った」

「言ったでしょ、私が悪いって」

「おい」

何度も繰り返されてきた会話だった。

「晴海さんはちゃんと子供産んだのに、私はできなかったから私が悪いと思ってるんでしょう」

知加子は泣き出した。

祐治が抱こうとするとと知加子は思いきり祐治の前腕の内側に嚙みついた。それでも自由なほうの腕を回そうとすると、知加子は顎に力を込めた。筋に歯が食い込む感触があり、祐治は腕を引く。鈍い痛みの後で知加子の噛んだ穴からふつふつと血が湧いて出てくる。血は赤黒く、とめどなく流れた。血のついた枕に顔を伏せて知加子は「うう、うう」と泣き続けた。

祐治は知加子にそんなことをさせたのは自分であり、向き合っている振りだけして本当に向き合っていないと思った。時間が経てば癒えると信じ、そっとしておこうという態度は見て見ぬ振りと変わらなかった。

知加子は助けて欲しかったのではない。一緒に穴に入って真っ暗闇の中で悲しんで欲しかったのだ。二人の苦悩であるはずのものを祐治は知加子に押しつけ、知加子の苦悩として癒やそうとやっきになっていた。

卑怯だ、と知加子は言った。

知加子の腹に宿った子は祐治に抱かれることなく、祐治が受けとめようと差し出した手をすり抜けて消えていった。

逃げ出したのは知加子でなく、自分だったと祐治は思った。拒絶されたと感じたのは知加子のほうだったのだ。

通りに緑のコートを着た知加子が見えた。

つい、祐治は反射的に腰をあげて紙のカップに入ったコーヒーをこぼしてしまった。モップで掃除してくれたアルバイトの女性店員がコーヒーを淹れ直すというのを遠慮して、祐治は外に出た。緑のコートを追いかけたが、全然知らない人だった。

明けきらぬ朝、祐治はコンビニの駐車場から海を望んだが、防潮堤のシルエットが視界を黒く塗り込めている。潮の匂いが湿り気を帯びて届く。そこに遮られた海の広がりを想像した。闇の中でも目をこらせば、枝の乏しく痩せ細った松の連なりが浮かびあがる。海からの風で木々や草がざわめく気配が伝わってきた。

風は弱く、潮の満ちる時刻だった。冷気が染みるが、状況は釣りに向いた。

コンビニに入り、おにぎり五つと菓子パンを三つ、適当に取って買い物カゴに入れた。釣りをしながら食う分と、家に帰ってから朝飯にする分である。菓子パンは啓太も食う。台所のテーブルに置いておくといつのまにかなくなっている。

店を出る時、マスクをして分厚いベンチコートを着た男が二人、入れ違いに入ってきた。ツバつきのニット帽をかぶった背の小さいごつい男が先で、後からきたのが明夫だった。

明夫はベースボールキャップを目深にかぶって、祐治とすれ違う際、首の後ろを掻きながら顔を背けた。

迷ったが、祐治は「明夫」と声をかけた。

明夫は聞こえなかったように、連れの後についていった。

ホンダの隣におそらく前に見たのと同じハイエースがあった。中を覗こうとしたが、後部座席の窓もリアガラスもスモークフィルムがかかっていた。密漁をするというのなら、ボートはいったいどこにあるのだろう、と祐治は考えたが、知ったことかと思い直し、ホンダのドアを開けた。乗り込む時に目をあげると、コンビニの中から明夫の連れの背の小さいごつい男がこちらをじっと見ていた。

祐治は舌打ちをした。不快だった。

どこからきた人間か知らないが、ろくなものを持ち込まないだろう。夜明け前の鳥の海で、たばこをくわえた明夫が男に怒鳴られる様子を思い出した。明夫がつけ込まれている気がした。

二人揃って帽子にマスクだ。まるで強盗じゃねえか。

ハゼみたいな小さい魚しかいない鳥の海でなく、阿武隈川河口付近にホンダをとめ、人のいない岸壁に釣り場を定める。

沖に仕かけを投げてリールを巻き、竿を置いて折りたたみの椅子に腰を落ち着けると、祐治はおにぎりを二つ、ぬるくなった茶で流し込むようにして食った。

現場ではいつも弁当を詰め込むように食った。西島造園で下っ端として働いていた頃から、早く食うクセが抜けないのだ。それに、もたもた飯を食っていると余計なことを考えてしまう。昔を思い出したり、自分がどこへ向かっているかわからなくなる。

祐治は夜明け前の鳥の海で明夫を見たと、六郎に話せなかった。六郎は明夫の行動を不審に感じているようだった。先週、消毒作業の後で六郎は「こそこそして、何かしでかしてるな」と苦い顔をして茶をすすった。

消毒の臭いがきついので、家の窓や縁側を閉め切り、茶の間はいやに静まっていた。ガラス越しにスズメがちゅんちゅらと鳴く声がかすかに聞こえた。

「明夫の調子はどうですか」

祐治は明夫の体調を聞いたつもりだったが、六郎は苦い顔のままで「なんだが、会社から退社を薦められているみてえだ、明夫はもともとつなぎのつもりだったなんて強がってるけど」と仕事について言う。「何がしてえんだが」

「でも最初は向こうから誘われたんでしょ」

「んだげど、あいづは酒癖わりいがら、一緒に仕事すんの嫌になったんでねえの」

「え、飲んでるの」と祐治は驚いて聞くと、六郎は頷いた。

「医者はなんて」

「とめたってきがねの」

「昔から」

「んだ」

酒が原因で妻の恵と小さな玲奈が吉田地区に帰った直後海が膨張した。恵と玲奈はひと月の後、吉田の実家より内陸で見つかるまで行方知れずだった。「それでまたぐっと酒が増えたのさ」と六郎は言った。群馬へいって工場で寮生活を送り、逃げ出して東京をうろついて亘理に戻るまでの間、明夫がどんなふうに生活していたか、想像もつかなかった。

「何やってんだが、この間なんか一晩中出払ってわ、釣りなんかしたごとねえのに釣り道具車さ詰めて」

祐治は明夫と釣りにいった記憶はなかった。小さい頃、二人は田んぼやため池の周辺をぶらぶらしたり、どちらかの家でテレビゲームをして遊んだ。

夢中になって遊ぶというのでなく、やることがなくて仕方なく一緒にいるという感じだった。逢隈の住宅地は田んぼと山に囲まれ、海からは距離があった。行動範囲は限られていて、誘える友達は片手で数えるほどだった。

「あいづも根は優しいんだけどな、なんだがすっかり卑屈になって、恵さんと玲奈ちゃんが不憫だ、明夫のせいであいなごとになってわ、あのばかが、休みの日はパチンコ、家にいれば酒だもの、自業自得と言えばそうなんだけどさ」

根は優しいという六郎の言葉を祐治は信じた。

「久しぶりに見た時、明夫だとわからなかったよ」

祐治は言った。

明夫の後頭部から背中にかけての前傾の線が六郎にそっくりだったが、明夫は太っていたし、以前は前に垂らしていた髪の毛をオールバックにしていた。生え際はかなり後退し、目尻や額には海で太陽を浴び続ける漁師のようにしわが深く刻まれていた。

「わがんねえのも無理ねえ、休みの日は家にじっとして動かねえんだ、これが。散歩にいけっつうと、腹が減るから嫌だって。腹が減るのが体にいいんだべっつうと、腹が減ったら食う量増えてもっと太るべなんて屁理屈言う」

祐治は力なく笑った。

六郎は「まいった、まいった」と首の後ろに手を当てて、庭のほうを向いた。

「だけど最近は」六郎は言った。「みるみる痩せていぐ」

釣り竿とアオイソメの入ったケースだけ持って、祐治は砂地を横切り、阿武隈川河口の堤防にあがった。コンクリートのなだらかな斜面が続いている。昼ならどちらを向いても遠くまで見通せそうだ。祐治は石積みの、河口の導流堤へ移動し、大物を釣りあげる気で、できる限り遠くへ飛ばそうと思い切り竿を振って仕かけを投じた。

風は弱かったが潮が速く、仕かけが流されて引っ張られる感触があった。六時を過ぎると当たりが頻繁にきて、幸先よく塩焼きにしたらうまそうなイシモチを二匹続けて釣りあげた。

その後も魚が餌をつついている様子で竿が揺れた。祐治は先端の震えに反応して竿をあげるも、タイミングが早いのか遅いのか、餌を取られて魚に逃げられた。

そのうち日が昇る。空が闇から濃い青に変わる一瞬、キンキンと耳鳴りがする。夜中とも朝とも呼べないその狭間を越えると、いよいよ明るくなっていく。海が白い光を照り返すと、波音もくっきり際立ち、感覚が冴え冴えとしてくる。

祐治は凝った首を上下左右に振る。どれだけ糸を垂らしていたかわからないが、あまり長く海にいすぎたと祐治は思う。

切りあげる機会を逃して、だらだらと粘っていると、緑地整備の工事現場に向かうダンプが遠くで走行音を響かせた。

当たりはぴたりとやんだ。祐治は竿を畳んだ。二時間やってイシモチ二匹という釣果だった。

新築家屋の壁を背にして祐治は石を積んでいた。現場は海に近かった。定年近い施主夫婦は広い庭が欲しくて亘理に家を建てたという。畑や更地が辺りを占めていたが、ぽつぽつと新築の家屋が建っていた。

積む石を選んでいると、晴海や知加子の腹の中で成長をとめた子を思った。浮かんでは消える想念に祐治はこだわらなかった。死んだ人間に寄りかかっていたら、自分も半死半生だと思った。それでも何度も立ち止まって死者を思い、自分に何ができて何ができなかったかを考えてやりきれなくなる。人を思い出す時、ひと続きの記憶が現れるわけではない。その時に味わった感情、手触り、痛み、苦しさが点々として残りかすのようにあるだけだった。

俺にしても死ぬ順番を待つ大行列のひとりに過ぎない。生きている間にどうにか飯を食って啓太を育てるだけだ。

背中に当たる午後の強烈な日差しが暑く、全身に汗が滲んだ。石を載せたビニールシートから高温で溶けたプラスチックのような臭いが漂ってくる。梅雨の前で湿気はなく、乾いていた。

庭を立体的にするのに、塀側に土を盛り、自然石を乱積みにして土留めを作る。ラグビーボールくらいの石からショートケーキくらいの石まで、具合のいいのを選別して積みあげていく。仕上がりに荒々しさが漂うので祐治は乱積みを好んだ。

半日を費やして、まだ三分の一も進んでいない。祐治は焦らず、一定のペースで石を積んだ。前屈みか、中腰か、しゃがんだ姿勢で重い石を扱う。全身に負担がかかり、体力を激しく消耗した。膝や腰の関節が痛み、背中の筋肉が張る。石をひとつひとつ吟味し、傾けたり回転させたりしてぴたりと合えばハンマーで叩いてはめ込む。うまく嚙まない場合はノミと金槌で石を削る。

同じ形状が二つとない石の山から祐治はひとつ摑んだ。集中し、感覚が研ぎ澄まされ、次に積むのに具合がいい石をすぐに引き当てた。一度ではまらなくても、触れていると石のどの部分をどれだけ削ればいいか、皮膚感覚でわかった。やればやるほどうまくなった。石積みは繊細で、地味で、きつかった。

ふと、なぜこんなことをしている、と考えた。造園が好きではなかった。苦ではないという程度だった。始めた時の気持ちは忘れたが、これでやっていくと腹を決めた。明日死ぬとわかっていてもその日の工程をこなすと思った。

その日の作業を終えると、とてつもなく体が重かった。脱力感と倦怠感に襲われた。心なしか、腕が細くなった気がした。

空に分厚い雲が垂れこめてどんよりと暗く、一度降り出したら容易にやまない雨が予感された。春の陽気から一転、季節が巻き戻ったように空気が冷えた。

現場の帰り、スーパーの酒売場で祐治は明夫を見かけた。夜明け前のコンビニで明夫に声をかけてから二週間経っていた。明夫はひとりだった。左手に買い物カゴを持ち、右手でカーボンの杖をついていた。杖を陳列棚に立てかけると、銘柄をこだわらずに缶ビールをカゴに放り込んでいる。

明夫はちらと祐治に視線をくれたが、すぐに酒の並ぶ棚に向き直った。無視するならそれもいいが、俺の顔を見る度に舌打ちしたり、ため息を漏らしたり、あからさまに逃げたりしやがる。

明夫の態度に祐治は腹が立った。背の小さいごつい男につき従い、こそこそと潜水スーツを着込み、重たい空気ボンベを背負い、暗黒の海に潜る明夫の姿を想像する。そんな危険なまねをしていったい何を探している。

肺に宿り、肝臓、腎臓に転移したという病に蝕まれる明夫の体を祐治は思った。

明夫は具合が悪そうだった。少し前まで膨れていた頬の肉はそげ落ち、皮膚にたるみができている。目は落ちくぼみ、頬骨の下が黒ずんでいた。

帰るところだった祐治は買い物袋をぶらさげたまま、スナック菓子を物色している明夫の横に立って「明夫」と呼びかけた。

返事をせずに背中を向けようとするので、もう一度「明夫」と呼ぶと、明夫は半身で振り返り、祐治のつま先に目を落として「なに」と返事をした。

「お前、やめとけよ」

「何がだよ」

「釣りだ」

「あ」

「ばれてんだよ」

「だから何がだっつってんだよ」

明夫はみるみる顔を赤くして言った。

「海、潜ってんだろ」

祐治は、杖をついて横をすり抜けていこうとする明夫を「待てよ」と押し戻して「俺でさえ現場見てんだ、日頃から見張ってる漁師連中に気づかれねえわけねえ」と言った。

「お前に関係ねえだろ」

明夫は興奮して祐治の襟元のあたりを睨んだ。

「六郎さんのために言ってんだよ」

祐治は顔を近づけた。

明夫は視線を泳がせた。

不摂生のせいか強い口臭が漂ってきた。

祐治はわずかに顔を背けた。

明夫はそれに気づいて、臭うか、と聞いた。

祐治は黙った。

「カビだよ、口が乾くんだ、薬の副作用で口がからからに乾いてカビが生えんだ」明夫は言った。

「ひどそうじゃねえか」

祐治は言った。

「うるせえ」

明夫、と祐治は言った。

祐治の気遣わしげな態度が癪だったようで、明夫は「どけ」と祐治を突き飛ばすように体をぶつけて押し通ろうとした。

明夫の体はふくよかな柔らかさはなく、ごつごつとして骨張った感触だった。

祐治は背後から明夫の腕を摑んだ。

すると明夫は激高して祐治の手から逃れようとして「触んな」と狂ったように怒鳴った。

「俺に触んな、お前に何がわかんだよ」

とっさに祐治は手を放した。

そのあるかなしかの一瞬、明夫の表情が燃えたぎる怒りから失望の色に変わるのを見た気がした。

買い物客が見ていた。エプロン姿のスーパーの男性店員が様子を見にくる。

明夫は祐治がついてきていないか、後ろを気にしながらカゴを持ってレジの列に加わった。

後味が悪かった。明夫と話したかったが、言うべき言葉がひとつも浮かばない。明夫の味わった艱難辛苦が重くのしかかってくる。捨て鉢になって一刻も早くこの世から逃れたいというように酒を買い物カゴに詰め込む様子が頭を巡り、結局「なぜ明夫が」という考えに戻った。

スーパーの駐車場でぼんやりと考えていると雨粒がぽつぽつとフロントガラスについた。彼方まで隙間なく覆う黒い雲が山から海のほうへ動き、地面がずれ動いているような錯覚を覚える。

店から出てきた明夫は黒い雲を気にする様子もなく、傷だらけの白い改造車に乗り込んでエンジンをふかすと、乱暴に走り去った。ぶるぶる震える太いマフラーから垂れた排液が、明夫の通った軌道上に黒い血のように滴って残った。


数日後、明夫が捕まったという連絡を河原木から受けたのは、朝飯を食って家を出ようという時だった。張り込んでいた漁師らに取り押さえられ、連れの男とともに警察に突き出されたという。

明夫が不調を訴えたせいで、潜らずに海から引き返すところだった。連れの男が明夫を病院へ運ぼうとしている所で、早まった漁師連中が飛び出してきたのだ。下腹部を押さえてもがくようにしていた明夫はともかく病院に搬送された。

明夫と連れの男は任意の取り調べを受けたが、潜水具を持っていただけだったので放免となった。ゴムボートの隠し場所も不明のままである。

知らせを聞いた翌日、祐治は六郎を訪ねた。

家にあがると、六郎は縁側の籐椅子に座っていた。祐治は挨拶して畳に胡座《あぐら》をかいた。奥さんがせんべいが入った漆の器と一緒に茶を持ってきた。六郎の視線は庭のハナミズキに注がれていて、祐治も同じところへ視線を落とした。

「今は入院してる、すっかり検査してもらって治療のやり方決めるって」

近々専門医のいる仙台の厚生病院で改めて検査をしてもらおうという矢先の事件だった。岩沼の病院に搬送された明夫は厚生病院に移ってそのまま検査入院となった。

庭の奥で黒猫がうずくまって雨宿りをしている。

六郎は「どれどれ」と腰をあげ、玄関に常備してあるキャットフードを取りにいった。黒猫はツバキの下でしばらく前足を舐めていたが、六郎が表へ出ていく前に垣根を越えて向こう側に消えてしまった。

「恵さんつうのは気の強い人でね」部屋に戻って元の籐椅子に座ると六郎は言った。「がみがみうるさいなんて明夫は言ってただけど、面倒見のいい人だったよ、あいづは気が弱いがら頭あがんなかったのさ、それでもお互いよくて一緒になったんだべがら最初はうまぐいってたんだ、まあ俺がどうのこうの言うことじゃねえけど」六郎はため息をついた。

「明夫はなんぼが俺を恨んでんだべ」

「なんで」

「いやさ、行方がわがんなぐなって見つからないうちに葬儀の話しちゃったのさ」

「ああ」

「明夫の気持ちの整理つかねうちに余計なごと言って失敗したな、明夫が家族の生死を決めなくちゃいけねえんだがら気の毒でさ、普通そんなの受け入れられねべ、恵さんも玲奈ちゃんも見つかったがら明夫も諦めついたけど」

祐治は黙って聞いていた。

俺だって気力がいつまでも続くわけでねえ、と六郎はぽつりと言った。

吹っ切れないでいる明夫を見ていられなかった気持ちは祐治にもほんの少しわかる気がした。

「吉田地区の実家も、恵さんがパートに出てた缶詰の工場も全部ないんだよわ」そう言い、まだキャットフードを手に持ちながら六郎は外を見た。「なんにしてもついてねえっつえば、ついてねがったな」

一週間後、明夫は退院した。肺から転移した先の肝臓全体に病の影がちりばめられていた。半年、と六郎は言った。週に一度仙台の病院に通って一泊し、放射線治療を受けるという生活が始まった。「半年」というのが治療の期間なのか余命なのか祐治は聞かなかった。

六月のある日の夕暮れ、仕事を終えて家に帰ると果物の詰め合わせが玄関にあった。まだ出荷が始まったばかりの山形のさくらんぼが箱からあふれている。

これどうしたの、と和子に聞くと「明夫君だ」と言う。持ってきたのか、と驚いて聞くと和子は「うん、両手で抱えてみんなで食べてって言って」と言う。

「何時頃」

「買い物いく前だから三時くらいかな」

あ、と祐治は声を出した。嫌な予感がして祐治は河原木に電話をした。

「へえ、果物、明夫が、いや、俺まだ役場だから、うん、帰ったらうちにも届いているか見てみる、でもそれがどうかした」

なんでもない、と祐治は言い、ホンダに乗り込んで六郎の家に向かった。

遠くからでも辺りの住宅に投げかけられたパトカーの赤色ランプの回転が見えた。坂の下に車をとめ、走っていき、玄関を叩いた。六郎は明夫につき添って病院へいき、家には大勢の警察官に囲まれて六郎の妻だけが残っていた。祐治は何が起こったかわからなかったが、明夫がもうこの世にいないとわかった。

明夫はその日、実家の自分の部屋で死んだと後で知った。

日中にさくらんぼを祐治と河原木に車で届け、日の暮れる前、スウェットパンツのリブを結び合わせて輪にし、漫画や雑誌を入れている棚のフックに引っかけ、首を差し入れて力を抜いた。

その年の梅雨はしとしとと窓を濡らす雨とは違った。

七月が終わろうとしているのに、風が吹き荒れ、猛烈な雨が執拗に窓を叩いた。四季がひっくり返り、でたらめに雨を降らせ、風を吹かす。夏を通り越して台風の季節がきたようだった。

土砂降りの中、祐治は明夫の家族の墓石に手を合わせた後で、高台にある墓地から阿武隈川下流を見下ろした。恐ろしい光景だった。茶色い川の流れは河岸の高さを越え、河川敷の畑を飲み込んで途轍《とてつ》もない川幅になって暴れ狂っている。

両岸にある三日月湖のような池は塗りつぶされて跡形もない。水位がどんどん上昇して、氾濫危険水位に迫り、逢隈地区と柴田《しばた》町を結ぶ槻木《つきのき》大橋の橋脚を押し流しそうな勢いだった。川を遡った南隣の丸森《まるもり》町では堤防の決壊が危ぶまれ、避難指示が発令されていた。

普段は決まった場所を優雅に流れ下る阿武隈川は暴れ川と呼ばれ、いざ豪雨となれば龍のようにうねって人家や畑を飲む。気候の移り変わりや大地の揺さぶりによって無軌道に姿を変える。途方もない時間軸の中で何度も荒ぶり、形を変えてきた阿武隈川はたまたま現在の場所を流れているに過ぎなかった。

激しい風の唸りを聞き、傘を煽られ、顔に雨が当たらなかったら、もう少し波立つ川面を眺めていたかった。

祐治は時計を見て車に乗り、家に向かった。

途中、烏鳥屋山《からすとややま》が崩れているのが見えた。

小さい頃に登って虫取りをした場所だが、今は土が剝き出しになっているはげ山だった。頂上がちょん切られて台形である。元々の三分の二ほどの標高に沈んでいた。山というより、丘である。その台形の丘の角が大雨で崩れていた。

田んぼに囲まれ、他にこれといって特徴のない田舎で烏鳥屋山が地区の人間にとって拠り所だった。見通した風景の中に烏鳥屋山があれば、そこが生まれた土地であり、育った空間であるとわかる。

木は切られ、ショベルカーが土を掘り、ひっきりなしにダンプが往来する。あっという間にてっぺんが消えた。首を落とされるように馴染みの山がひとつ消えるというのは、ここが他のどこでもない地元だという根拠が失われるのと同じだった。

山の土はそっくりそのまま海沿いのかさあげに使われた。山から海の近くへ土を運んで敷く。土地が高くなる。電信柱が立つ。草が茂った更地に畑ができ、建物が建ち、公園ができる。

祐治は田んぼ道をのろのろ走った。

数日前に猪が水田に入って泥を浴び、青々とした稲をことごとくなぎ倒した場所も水に沈んでいる。田んぼの所有者は一度猪に入られたら獣の臭いがついて出荷できないと怒る。

畦が消え、田と田の境が消えた。阿武隈川から水を引いて一帯の水田の水を賄っている太い農業用水路の水位も急激に上昇し、ガードレールの向こう側を猛烈な速さで流れている。間違って水路に落ちたら命はない。水門は全開になっているが、門の下部に水流がぶつかり、しぶきが立っている。

そこら中、水で満たされていた。

雷魚を狙って釣り人が疑似餌を投げ込む三つのため池はつながってひとつの大きな池になっていた。

祐治は家のほうへは向かわず、烏鳥屋山を右手に見て逢隈地区を抜け、国道六号を通り越して水浸しの道路を海へ向かった。

それ以上進めない場所でとまった。

均一に水で満たされた更地が鏡のようになっていた。電信柱だけが鏡から突き出て並んでいる。雲が薄くなって明るさが増した。水面に町の姿がまるごと浮かびあがった。商店や学校や密集した住宅が見える。その先に漆黒のクロマツの森。のんびりした海岸線。

明夫が報いだと言った。あれは俺へ向けて言ったんじゃない。晴海を奪い、晴海が死んだことを言ったのだと思ったが、そうじゃなくて、明夫は病気が自分への罰かなんかのように考えていたんだ。あいつ自身に向けて、明夫自身のことを言っていたんだ。

明夫が仕込んだ毒が回り出した。体の隅々までいき渡った。頭がぐらぐらして、指先にしびれを感じる。おう、いいよ、俺が引き受けるよ。祐治は思った。俺も道連れにするか。首をくるというやり方であっても、自分でけりをつけた。だが、お前なんかと心中はまっぴらだ。

明夫は生きた。死ぬ理由はそれで十分じゃねえか。消える時を自分で決めて何が悪い。祐治は耳を澄ませたが、何も聞こえなかった。死者は死者のままだった。

風が強まり、日が差し、一気に水が引いた。

水をその根にたっぷりと蓄えた木々が枝を伸ばし、眩しいほどの葉を茂らせた。海面の波のひとつひとつが白く光り、眩しくて目を開けていられない。松とせめぎ合う落葉樹は黄や赤に染まる。冷気に包まれ草が枯れ、木々の葉が落ちる。空から綿のような雪が舞い、地面が凍りついた。堀の水面すれすれをガンが滑るように飛んで着水した。ガンは一羽二羽と増え、白鳥が美しく羽を広げる。汽水湖である鳥の海が渡り鳥の群れる楽園と化す。羽をすっかり休めると渡り鳥は北へ飛び立っていった。それから死んだような灰色の土地にまた草が芽吹いた。漆黒のクロマツの森が風に騒いだ。肌を刺す寒さが薄らいだかと思うと、空にばらまかれたようにぎざぎざの羽を小刻みに動かして小鳥の群れが縦横に飛び交った。暖かくなるとスミレが地面を鮮やかに覆い、堀に沿って立つ桜が封印を解かれたように一斉に花を咲かせた。

携帯電話からメールの受信を知らせるゴムボールがはねるような電子音がして祐治は我に返った。ポケットを探った。

和子からだ。用事だけが書いてある。弁当、牛乳、パン、豆腐。外の嵐の様子を見てくると言って出てくる時に頼まれた。祐治が戻らないので痺れを切らしたのだろう。

帰ると、弁当を待たずに和子の作ったチャーハンを食っていた啓太が祐治の顔を見てスプーンを落とした。口を丸く開けている。それからげらげら笑い出した。どうした、と祐治が聞くと啓太は祐治の頭を指さす。

洗面所にいって鏡を見ると、髪の毛が真っ白だった。眉毛ももみあげも無精髭も真っ白だった。

呆然としていると和子が「早く飯食え」と言った。

初出　「新潮」二〇二二年十二月号
写真　木戸孝子　「The Unseen」シリーズより

荒地《あれち》の家族《かぞく》

発　行　2023年1月20日
4　刷　2023年3月10日
著　者　佐藤厚志《さとうあつし》
発行者　佐藤隆信
発行所　株式会社新潮社
〒162-8711　東京都新宿区矢来町71
電話　編集部　03-3266-5411
読者係　03-3266-5111
https://www.shinchosha.co.jp
装　幀　新潮社装幀室
印刷所　大日本印刷株式会社
製本所　加藤製本株式会社

ISBN 978-4-10-354112-7 C0093